존슨
기억
판매회사

졸슨
기억
판매회사

정광모 소설집

| 차 례 |

마지막 집행

강탁오는 조수와 함께 엘리베이터 21층에서 내렸다. 미리 통화를 해서인지 문이 열려 있었다. 무방비 상태로 비스듬히 열린 아파트 현관문은 강탁오 일행이 아닌 누가 들어와도 좋다는 신호처럼 보였다. 강탁오는 현관에서 기침 소리를 내고 거실문을 두드렸다.

안락 서비스 회사에서 왔습니다.

소파에서 일어선 노인이 거실문을 열었다. 회색 양복에 붉은색 넥타이를 한 노인은 웃음을 띠고 있었다. 강탁오는 모자를 벗어 인사하고 거실로 들어섰다. 거실의 한쪽 벽면을 가득 채운 두툼한 책이 그들을 압도했다. 거실에는 밤색 가죽 소파가 놓여 있었고, 원목 탁자 위에는 두툼한 양장본 한 권이 펼처져 있었다.

거실은 오랜 여행을 떠나려는 사람이 정리한 것처럼 깔끔
했다. 강탁오는 재빠르게 거실을 훑으며 첫인상을 정리했다.
작업은 쉬울 듯했다. 그는 장비를 설치하겠다고 말했다.

그러시오.

조수가 가방을 열어 카메라와 녹화 장비를 꺼내 삼각대 위
에 올렸다. 노인이 그들을 향해 커피를 한잔하겠느냐고 물었
다. 그냥 커피가 아니라 핸드 드립 커피요. 두 달 전에 삼십만
원을 주고 커피 강습을 받았소. 지금까지 백 잔쯤 내려 먹었
으니 배운 본전은 뽑은 셈 같은데.

좋은 취미입니다.

노인이 주전자에 물을 올리고 익숙한 솜씨로 커피 서버에
종이 필터를 끼운 드리퍼를 놓아 커피를 담았다. 물이 끓자
주전자의 길고 가는 주둥이를 드리퍼에 둥글게 돌리면서 천
천히 커피를 적셨다. 커피 가루가 빵처럼 부풀자 커피 방울이
똑똑 서버로 떨어졌다. 몇 시간 앞둔 죽음과 어울리지 않는
향긋한 커피 향이 주방에서 거실로 번져왔다. 노인이 미간을
찡그려 집중해서 커피를 내리다가 고개를 들었다.

업무가 바쁜데 폐를 끼치는 건 아니오? 괜찮습니다. 시간
은 넉넉합니다.

조수가 녹화 장비에 불이 들어오지 않는다고 하자 노인이

소파 옆 콘센트의 접촉이 불량하다며 주방에서 선을 연결하라고 말했다. 노인은 쿠키와 함께 커피 석 잔을 거실 식탁에 놓았다. 커피는 목을 넘어가는 맛이 생기 있고 산뜻했다. 아파트 위층에서 쿵쿵대는 발소리가 들렸고, 열린 창문으로 버스가 끼익 서는 날카로운 소음이 들렸다. 강탁오는 창문을 닫아야겠다고 생각했다.

노인이 커피 잔을 내려놓았다. 난 여의도 정치하는 친구들이 그나마 잘한 짓이 이 법을 만든 일이라고 생각하오. 강탁오는 뭐라고 답변하기 어려워 고개를 끄덕이면서 노인을 바라보았다. 국가에서 죽겠다는 노인에게 안락 서비스를 제공한다는 구상은 괜찮소. 그보다 더한 법도 만들고 싶었겠지. 여의도 정치꾼들은 경제를 갉아먹고 연금만 축내는 노인들을 한꺼번에 쓸어낼 방법이 없나 지금도 고민하고 있을 거요. 그는 잠깐 말을 멈췄다가 이었다.

여러 작업 장소에서 많은 푸념을 들어봤을 거요. 내 이야기도 별다르지 않을까 싶어. 사람들은 다양한 생을 살지만 인생을 정리할 때 떠오르는 회상은 비슷해서, 마지막에는 꼭 후회하는 일이나 사과해야 할 사람이 떠오르거든. 몇 사람 얼굴이 머리를 떠나지 않아. 난 판사 노릇을 하면서 두 놈에게는 사형을, 네 명에게는 무기징역을 때렸소. 그런데 그중 두 놈이 무죄를 주장하면서 재판을 오래 끌었지. 그때는 놈들이 가증스럽게도 반성을 하지 않는다고 생각했소.

그런데 어찌된 일인지 그 두 놈이 자꾸 생각나서 판결문을 뒤지는 바보 같은 짓까지 저질렀어. 저수지에서 여자를 죽인 사건은 현장을 걸으면서 얼치기 검증까지 다시 치르고. 저수지 옆으로 길이 새로 나서 전원주택이 몇 채 들어서 있더군. 저수지에서 마을을 내려다보면 마을 앞의 냇물까지 한눈에 트이는 경치가 그만인 곳이오. 예전에 갔던 현장과 많이 달라서 같은 장소인지 의심조차 들었지. 그러니 그곳에 오래 앉아 있은들 새로운 뭘 발견할 수 있겠소? 내가 생각해도 어리석은 짓이야. 두 명이 왜 기억에서 튀어나왔는지 의아했어. 이제 기력이 빠진 노인이 되어서 망상이 덮쳤다고 넘기면 간단하지만 그건 아닌 것 같아.

노인이 거실 탁자에 놓인 책을 가리키며 아느냐고 물었다. 강탁오는 예상보다 시간이 걸리겠다고 생각하며 모른다고 대답했다. 그 책은 이천몇백 년 전에 헤로도토스라는 사람이 쓴 『역사』라는 책으로, 노인은 이런 이야기가 있다고 말했다. 왕실 재판소의 판관이 뇌물을 받고 부정한 판결을 내렸다. 왕은 그의 멱을 따고 가죽을 모두 벗겼다. 그리고 벗긴 가죽으로 가죽끈을 만들어 판관이 판결할 때 앉던 의자를 그 가죽끈으로 둘러 엮었다. 그런 다음 왕은 판관의 아들을 재판관으로 임명해 그가 어떤 의자에 앉아 판결하고 있는지 명심하라고 경고했다.

서비스를 받기 전에 읽기 적당한 책은 아니군요.

아니지. 그래서 더 봐야 하는 거요.

노인이 말하면서 눈을 번뜩였는데, 죽음에 익숙한 강탁오조차 그 눈빛에 오싹 소름이 끼쳤다. 강탁오는 무죄를 항변한 사람이 어떻게 되었는지 물었다.

그 두 사람? 한 명은 교도소에서 자살했고, 한 명은 병사했지.

노인은 판결을 되새기는 얼굴로 잠시 침묵하더니 허리를 꼿꼿이 세우고 기운이 들어간 카랑카랑한 목소리로 말했다.

하, 이거 시간을 끌어서 미안하오. 시작합시다.

노인은 싱크대에서 커피 잔을 씻어 개수대에 놓았다. 여편네에게서 옮은 병이오. 그 양반은 밥을 먹자마자 발딱 일어나서 설거지를 해치웠고, 차를 한 잔 마셔도 찻잔을 바로 씻어버렸지. 죽기 얼마 전에야 그 버릇을 고쳤는데, 이제는 내가 그 짓을 한다니까.

노인이 소파에 앉아 자세를 바로잡았다.

강탁오는 디지털 녹화 장비를 켜서 노인에게 앵글을 맞췄다. 본부 녹화실로 전화를 걸자 담당이 바로 받았다. 녹화 전송 상태는? 오케이. 목소리는 잘 들려? 좋습니다. 그는 본부와 통신하는 리시버를 귀에 꽂고 노인에게 이름과 주소, 나이와 주민등록번호를 말해달라고 요청했다. 노인은 시청에서 발급받은 '사망 의사 확인서'를 가슴 높이로 들어 올렸다. '사망 의사 확인서'는 죽음 서비스를 요청하는 노인이 증인 두 명을 대동해서 시청에서 발급받은 것이었다. 조수가 시청과 연결해서 '사망 의사 확인서'의 바코드를 확인했다.

강탁오가 질문지를 펼쳐 순서대로 묻기 시작했다.

'사망 의사 확인서'에 이름을 올린 증인은 누구입니까? 노인이 천천히 답했다. 이상한 질문처럼 들릴지 모르지만, 의식이 명료한지 체크하기 위한 절차입니다. 올해 날짜를 말씀해보시죠. 2024년 4월 17일. 여기가 어디입니까. 노인은 동네와 아파트 동호수를 일러주었다. 몇 가지 질문을 더 하겠습니다. 92에서 8을 빼면? 노인은 멈칫하다가 84라고 대답했다. 거기서 다시 9를 빼면? 노인이 70, 하면서 망설였다. 75. 암산이라면 질색인데 생의 마지막까지 머리를 굴리게 하는군. 역대 대통령 이름은? 맘에 드는 대통령은 없었지만, 하여튼 말하겠소.

조수가 노인에게 진술서를 건네 낭독하게 했다.

"본인은 누구의 강요나 협박이 아닌, 자신의 뜻에 따라, 죽음을 선택하고 실행함을 확인합니다." 노인이 진술서에 이름과 주소를 쓰고 서명하자 강탁오와 조수가 연달아 서명을 마쳤다.

따로 남길 말씀은 없습니까? 유언을 말하는 거요? 저희는 유언은 받지 않습니다. 그렇군. 어쨌든 유언은 따로 정리해두었고, 달리 할 말은 없어. 그럼 이만.

아, 하나 궁금한 게 있는데. 말씀하시죠. 몸이 접힌 채로 뻣뻣해져도 괜찮소? 엘리베이터로 내려가야 할 테니까. 노인이 무릎을 접은 자세를 시늉해 보였다.

네. 그런 일은 없을 겁니다. 근육 이완제를 쓰니까요. 그럼 다행이오. 그게 걱정이었지.

강탁오는 아파트 주차장에서 대기하는 운구 담당에게 작업을 시작한다고 알렸다. 차량에 텔레비전을 켜놓았는지 운구 담당자의 전화에서 시끄러운 잡음이 들렸다. 말이 안 들린다니까. 알겠습니다. 담당자는 텔레비전을 끄더니 지하 주차장 D구역에서 기다리겠다고 말했다. 조수가 카메라 스위치를 눌렀다. 강탁오는 밀봉된 주사 세트를 꺼내 포장을 뜯어 주사약을 꺼냈다. 주사약 세트를 무심하게 보는 노인은 마지막까지 그가 내린 사형 판결을 생각하는 것처럼 보였다.

강탁오가 노인의 팔뚝을 밴드로 묶자 도드라진 푸른 혈관이 솟아올랐다. 마취제를 주사하자 노인은 순식간에 나무토막처럼 옆으로 쓰러졌다. 조수가 노인을 반듯하게 눕히자 노인은 한 마리 길을 잃은 짐승처럼 보였다. 노인이 정신을 잃자 조수가 곧 열릴 노인의 항문에 대비해 기저귀를 채웠다.

강탁오는 손목시계를 보고, 주사 세트에서 꺼낸 근육 이완제를 노인의 팔에 주사했다. 노인의 폐가 가라앉으면서 깊은 한숨을 내쉬었다. 노인은 무죄 여부로 괴로웠던 죄수 문제를 떠나보내 편안해 보였다. 강탁오는 손목시계를 확인하고, 세번째 주사약의 봉인을 뜯어서 독약을 노인의 혈관 속으로 밀어넣었다. 디지털 녹화 장비는 붉은 신호등을 깜박이며 모든 과정을 담았고, 카메라는 일 초에 몇 번씩 찰칵 소리를 내며 돌아갔다.

심장이 멈춘 노인의 입이 벌어지며 침이 흘러나왔고 이가 드러났다. 노인은 사살당한 맹수처럼 보였다. 강탁오는 바이털 신호기를 노인의 손목에 감아 생체 신호를 담았다. 죽음의 모가지를 틀어쥐고 담대하게 작업을 해내는 강탁오를, 조수가 감탄한 눈초리로 지켜보았다.

대기한 운반팀에게 연락을 보내자 운구 담당자 두 명이 운반용 베드를 밀면서 거실로 들어왔다. 운반팀은 노인의 심장에 감지기를 대고 안구 반응을 확인한 후에, 본부에 제출할 몇 장의 서류에 서명했다. 그들은 운반용 베드에 노인을 옮겨 고정 벨트를 채우면서 떠들었다. 딱 적당한 사이즈군. 그러면서 강탁오에게 물었다. 노인이 고함지르거나 울지 않은 모양입니다. 강탁오가 고개를 끄덕이자 그들은 작업을 빨리 끝내는 팀장이 대단하다며 말을 이었다. 다른 팀에선 주차장에서 세 시간을 대기한 적도 있었다니까. 난파에다 선상 반란까지 겪었다며 신세타령을 해댄 선원 있잖아. 아예 그 양반 자서전을 읽는 게 빠를 뻔했어. 죽으면서 구질구질하게 말 많은 노인은 질색이야.

본부에서 전화가 왔다. 오늘도 작업 잘하고 있네! 여기 찾아온 민원인의 항의가 심한데 잠깐 들르면 안 될까?

무슨 일이오? 모친이 사망 서비스를 받았는데 납득이 되지 않는다는 거야. 우리도 현장 팀에 부담을 주고 싶지 않은데 말이야, 워낙 완강한 데다 여러 번 진정을 넣어서 그래. 본부에서 죽은 이의 이름을 불러주었다. 강탁오가 조수에게 이름을 알려주자 조수는 스마트폰으로 검색해서 작업 내용을 보여주었다. 강탁오가 내용을 흘긋 보고 본부로 가겠다고 알렸다.

조수는 아파트 지하 주차장에서 본부를 향해 승용차를 몰았다.

팀장님, 자신이 선고한 사건으로 죽을 때까지 괴롭다니 마음이 무거워요.

헛된 집착이야.

저도 죽을 때 기억나는 일이 많을까봐 답답해요. 팀장님은 어때요?

죽으면 먼지로 변해 날려 다니지. 그런데 쓸데없는 고민을 왜 떠올려?

팀장님은 참 냉정해요. 그래도 죽으면서 떠오르는 후회가 있을 것 같은데요. 예를 들면 어머니를 가슴 아프게 한 일이나 헤어진 첫사랑 생각 같은 거요.

난 어머니에게 신세 진 것 없어. 어머니가 나를 가슴 아프게 했지.

그럴 리가요. 그럼 어머니가 죽으면서 회한에 젖겠지요.

쓸데없는 소리야. 그 여자는 냉혈한이었어.

팀장님보다 더 차가웠어요? 그런 사람은 드물 것 같은데.

본부는 '노인 사망 지원법'에 항의하는 시위대로 늘 몸살이었다. 이중으로 철제 바리케이드를 친 본부 앞에 경찰 기동대 버스가 서 있었다. 최근에 두 배로 늘어난 청원 경찰은 묵직한 조끼를 입고 전기 충격기와 가스총 같은 장비로 단단하게 무장했다. 청회색 제복을 입은 본부 직원들은 가끔 시위대에 잡혀 옷이 찢어지거나 머리가 뜯겨나가는 봉변을 당했다.

본부를 둘러싼 시위가 격렬해질수록 안락 서비스는 널리 알려졌고, 서비스를 요청하는 노인들의 수는 늘어갔다. 살 만큼 산 노인들은 어디에나 넘쳐났다. 정부에서 그들의 복지를 위해 노력을 할 만큼 했지만, 예산은 늘 모자랐다. 가족과 사회와 나라의 푸대접을 실감한 그들은 그저 숫자만 많을 뿐이었다. 노인들은 하루하루 희망을 잃어갔다. 전화를 받는 안내원은 넘쳐나는 문의로 목이 부어버렸다. 서비스 본부장은 사망 서비스 팀을 다섯에서 일곱으로 늘렸고, 팀당 하루에 오전과 오후 두 번으로 허용한 시술을 세 번으로 늘릴까 고민하는 중이었다.

본부장은 이대로 가면 사망 서비스로 노인 절반을 보내버리겠다며 농담을 하곤 했다. 그는 법에 반대하는 시민을 향해, 겉으로는 떠들지만 속으로는 골칫덩어리를 치워버려 속이 시원할 위선자들이라며 비난했다. 아버지나 어머니가 안락 서비스로 죽었다는 소식을 들으면 처음에는 슬퍼하는 척할 거야. 한 달도 되지 않아 놈들은 명절에 해외여행을 나가고, 주말 저녁에 와인을 꺼내 마시며 늙은이가 귀찮게 굴지 않는 시간을 즐기겠지. 그러다가 죄책감이 들면 저렇게 반대하는 척, 한판 소동을 벌인다니까. 음험한 놈들. 그래서 이 법이 유지되는 거야. 저들 겉마음대로면 법은 벌써 폐기되고 본부는 폭삭 내려앉았을걸.

승용차가 본부에 다가가자 강탁오는 주사약 세트를 넣은 금고를 점검했다. 금고는 승용차 바닥에 고정되어 있었다. 비밀번호와 열쇠를 사용해야 열렸는데, 억지로 금고를 열거나 파손하면 금고 내부에서 주사약 세트가 파괴되도록 장치되었다.

후문으로 차가 들어서자 차창으로 날계란이 날아왔다. 강탁오가 더럽혀진 창으로 고개를 돌리자 이번에는 피켓이 승용차 옆문에 처박혔다. 차단 장치 뒤에서 승용차에 손가락질 하는 여자가 보였다. 여자가 내지르는 욕설은 들리지 않아도 내용을 알 수 있었다. 살인자. 인간 백정. 드라큘라.

강탁오는 지하 주차장의 경비실을 거쳐서 민원실로 올라갔다. 상담실에서 안락 서비스 부장과 민원 실장이 그를 맞았다. 근무 중인데 미안하네. 웬만하면 우리가 처리하려고 했지만, 워낙 끈질긴 데다가 윗선에도 항의를 해대서 말이야. 강탁오가 괜찮다고 말하며 회의실로 들어갔다.

회계 법인의 간부라는 남자는 감청색 양복에 연한 붉은색이 도는 셔츠를 입었다. 무테안경에 머리를 잘 빗어 넘긴 미남형이었다. 남자의 아내는 패션 잡지의 인물처럼 우아하며 세련된 차림새였다.

강탁오가 무뚝뚝하게 인사했다. 제가 고인에게 안락 서비스를 제공한 사람입니다. 궁금한 점이 있다면서요? 입술을 꾹 다문 남자가 어머니를 죽인 자를 노려보았다.

우린 도저히 납득할 수 없어! 그는 고함을 지르다가 말을 더듬었다. 노인이 요청만 하면 안락 서비스를 제공하는 이 미친 짓을! 어머니를 죽음으로 몰아간 이 광란을 받아들이지 못하겠어. 남자는 정신을 가다듬는 것처럼 두 손으로 얼굴을 만지더니 도전적인 어조로 물었다. 우린 어머니가 자의로 그 일을 처리했다고 보지는 않아.

강탁오는 회의실의 맞은편 커피색 의자에 시선을 고정한 채 잠자코 있었다. 회의실을 덮은 침묵에 남자는 초조한 듯했다. 어머니의 죽음으로 이득을 보는 자가 이걸 계획한 거요! 누가 이득을 본다는 말입니까? 강탁오가 물었다. 고인이 남긴 유언에서 이놈 몫이 줄어들었는가, 하는 생각이 들었다.

이런 처참한, 악마 같은 짓으로 덕을 볼 사람들이야 많지요. 그는 어이없다는 얼굴로 양팔을 치켜들다가 허공에서 멈췄다. 강탁오가 남자의 이름을 툭 불렀다. 고인은 당신 이름을 많이 말씀했습니다. 아들을 무척 자랑스러워했지요. 남자는 예기치 않은 기습을 당한 양 놀라서 강탁오를 보았다. 강탁오는 할머니의 죽음을 떠올렸다.

할머니는 꿇은 무릎 위에 두 손을 올린 자세였다. 그녀는 강탁오의 조수가 여자라서 한결 마음을 놓은 표정이었다. 할머니는 단정한 자세를 고집스럽게 흩뜨리지 않았는데, 안락 서비스를 끝내는 마지막까지 자세를 바꾸지 않았다. 강탁오는 할머니의 그런 반듯한 자세에 대한 집착을 처음에는 죽음에 대한 자세로 보았다가 자신에 대한 자존심으로 고쳐 생각했다. 자그마한 아파트 거실은 비어 있는 느낌이었다. 책장과 갈색 차탁, 텔레비전이 거실 가구의 전부였다. 평소에도 그렇게 단출하고 간소하게 산 모양이었다. 죽으려는 사람이 앉은 거실은 평소 거기에 거주한 사람의 성격을 확연하게 드러냈다. 의뢰자의 집에 들어서면 집과 가구와 텅 빈 공간이 주는 느낌이 강렬했다. 할머니의 거실은 단정하면서도 엄격해서 빈틈이 보이지 않았다.

그런 분에게서 자기 죽음이 외아들 때문이라는 말을 듣는 것은 이상했다. 그녀는 무릎을 꿇은, 고행처럼 보이는 자세를 유지하면서 그 이야기로 죽음의 마지막 순간을 채웠다.

아들이 얼마나 귀여웠는지 말도 못해. 서너 살 무렵 아이들이야 다 부모 마음을 쏙 빼놓는다지만, 그 아이는 더했지요. 어릴 적의 자식이 최고며 그 뒤로는 골칫덩이라고 하지만, 걔는 그렇지 않았어요. 첫 직장을 다니면서도 늘 나를 챙기고 내가 좋아하는 바닷가로 드라이브하러 다녔으니까요.

할머니는 성장해서 결혼까지 한 아들을 '아이'라고 불렀다. 그 아이가 결혼하고 나서 변했다는 걸 탓하는 건 아니에요. 어차피 아이는 변하기 마련이니까. 내가 여기서 돌이키는 건 아이가 이 집에서 한 번도 자지 않았다는 사실이에요. 아이가 매년 몇 번은 이 집에 들렀지만, 그때마다 호텔에 가서 잤어요. 방 하나를 치워서 새 침대까지 들어놓았는데 한 번도 써보지 못했으니까. 나는 아이가 오면 늘 한번이라도 자고 가라면서 저 방에 마련한 침대와 세간을 보여주었어요. 아이는 작년에는 자고 갈 눈치를 보이다가 며느리가 슬쩍 던진 눈짓에 그만 마음을 바꾸었죠. 그 가증스러운 눈짓에 허물어지는 모습이란. 나는 그때부터 아이가 찾아올 세 번의 기회를 정했어요. 매번 아이에게 엄중하게 자고 가라고 말했고, 마지막 세 번째에는 언성을 높이기까지 했지요. 그러자 아이와 며느리는 깨끗한 저 방이 마치 사형장이나 되는 것처럼 몸을 움츠리고 기겁을 했답니다.

아이가 저 방에서 자고 간들 변하는 건 없었을 거예요. 그 애는 어차피 일 년에 몇 번 올 따름이고 나는 삶이 닳아가는 늙은이에 불과하니 말이에요. 하지만 나는 그 아이가 꼭 그 방에서 하루를 자야 한다며 고집을 부렸지요. 어찌 보면 아무 일도 아닌 하룻밤 숙박에 나는 점점 더 큰 의미를 부여하고 말았는데, 그건 내가 스스로 만든 굴레였어요. 그런데 그 아이는 한 번쯤 못 이기는 척 져줄 만도 한데 통 그러지를 않았지요.

강탁오는 죽음에 앞서 할머니들이 늘어놓는 하소연을 끈기 있게 들었다. 그는 할머니들의 이야기를 유독 오래 들어주었다. 본부와 조수는 충실히 임무를 수행하는 강탁오의 자세를 높이 샀다. 그러나 그건 어쩌면 강탁오가 할머니들을 통해 자신의 어머니를 떠올리고 있기 때문일지도 모른다. 그의 어머니는 강탁오가 다섯 살 때 집을 나가 소식이 끊겼다. 지금 만난다 한들 알아보지도 못할 처지였고, 이미 죽었을 공산이 컸다. 하지만 강탁오는 어머니가 고통 속에서 자신의 잘못을 뉘

우치기를 원했다. 강탁오가 할머니들의 이야기에 귀를 기울이면 조수는 할머니들이 살아온 과거와 한숨에 집착해서 끝없이 이야기를 이어나갈지 모른다고 걱정했다. 그런 일은 일어나지 않았다. 강탁오는 자신의 어머니에게서 참회를 듣듯 침묵 속에 몰입했고, 그러면 할머니들은 어느 시점에서 마지막 벨이라도 울린 것처럼 말을 끝마쳤다.

할머니의 이야기는 아들과 만났던 마지막 장면으로 넘어갔다. 나는 마침내 사람들과 연락을 끊고 스스로 동굴 속으로 기어들어가서 입구를 닫았어요. 한번씩 찾아와서 죽지는 않았는지 독거노인을 점검하는 사회 복지사에게만 문을 열어두었답니다. 마지막으로 아들이 여기에 온 날은 만월이었지요. 흰 달빛이 거실을 차고 들어왔어요. 그날은 무엇에 씌었는지 모르겠지만, 난 승부를 봐야 한다는 심정으로 아이를 저 방으로 데리고 들어가 침대에 억지로 앉히기까지 했어요. 하루만 여기서 자고 가라, 에미의 간절한 소원이란다. 이런 소갈머리 없는 말까지 해댔으니까. 나는 그날 아이가 자고 가지 않으면 무너지고 만다는 것을 느꼈지요. 만월이 차근차근 하현달에서 그믐달로 삭아 들어가는 것과 달리 단번에 폭삭 말이오. 자고 간다는 건 처음에는 아무 일도 아니었을 거예요. 그런데 이젠 아들 내외와 나 사이에 꼭 빼앗아야 하는 고지가 되고 말았어요. 나는 아들에게 고함을 지르고 며느리의 손목을 잡고 끌어와 침대에 던지다시피 밀쳤죠. 어찌나 성마르게 굴었던지 아이의 머리는 헝클어지고 윗옷의 단추가 하나 떨어져 나가기까지 했어요.

그런데 며느리가 말이오. 또 그 눈짓을 했어요. 눈썹을 올리면서 눈동자를 빠르게 옆으로 굴렸지요. 며느리가 말했죠. 어머님, 저희가 자지 않겠다는 뜻이 아니고요. 오늘은 어머님 상태가 좋지 않아 보여 다음에 꼭 그렇게 하겠습니다. 아들은 그 말을 똑같이 앵무새처럼 되풀이했어요. 내가 안 된다, 이놈아, 하면서 아들을 잡자 아들은 나를 뿌리쳤지요. 이게 그 상처요. 할머니는 팔뚝을 걷어 강탁오에게 시커멓게 삭아가는 멍을 보여주었다. 그 상처는 시반처럼 보였다.

할머니의 마지막 당부는 이 필름을 꼭 아들 내외에게 보여달라는 것이었다. 강탁오는 그렇게 하겠다고 대답했지만, 아들에게 연락하지는 않았다. 사망을 담은 필름은 외부로 내보내지 못하도록 엄격하게 관리되었다. 필름에 대해서라면 아들도 외부였다.

남자가 강탁오에게 물었다. 내가 어머니를 죽인 범인이라는 말이야? 남자는 손가락으로 강탁오를 가리켰다. 남자의 얼굴은 충격과 부글대는 분노로 곧 터질 것 같았다. 당신은 내가 어머니의 그 방에서 자지 않은 이유를 알아? 어머니가 한 일방적인 진술 말고 말이야. 강탁오는 보았던 사실을 전할

따름이라며 녹화를 보여주겠다고 담담하게 응답했다. 여자는 새파랗게 질려서 가느다랗게 저기, 여보 하면서 남자의 팔을 잡았다.

남자가 일어서서 강탁오의 멱살을 잡았다. 사람 잡네. 이 개새끼가. 살인자 주제에. 네가 몇 사람이나 죽였어! 이 개백 정아! 강탁오는 오른팔을 멱살을 잡은 손목 안으로 집어넣어 비틀면서 천천히 멱살을 풀었다. 남자의 아내가, 당신은…… 하면서 눈짓하자 남자의 손에서 힘이 빠져나갔다.

남자가 털썩 주저앉자 강탁오는 선 채로 부부를 내려다보 았다. 아내에게서 묘한 기운을 담은 눈빛이 반짝 지나갔다. 강탁오는 몸을 돌려 문을 열고 나섰다.

민원 실장이 웃으면서 강탁오에게 말했다. 불을 끄랬더니 키워놓았어. 강탁오가 어깨를 으쓱했다. 이제 찾아오지 않을 겁니다. 서비스 부장은 소란을 치른 그의 마음 상태가 걱정이 었다. 오후에 작업 나가겠어? 험한 동네인데, 다른 팀을 보낼 까? 아뇨, 괜찮습니다. 누가 대신하기도 어렵잖아요.

강탁오는 천천히 휴게실로 올라갔다. 아들이 그 방에서 자 지 않은 이유가 뭘까 따져보려다가 그만두었다. 그 이유가 뭐 든 중요하지 않았다. 어쨌든 그 아들놈은 자도록 권하는 어머 니가 있지 않았는가? 그들 모자는 마지막 순간까지 싸우면서 의지하는 가족이 있었다.

강탁오는 갑자기 피곤해졌다. 그는 본부의 휴게실에 앉아서 벽에 걸린 대형 텔레비전을 바라보았다. 조수가 환풍기 스위치를 올리면서 담배를 꺼내 물었다. 민원인을 잘 처리했다면서요. 팀장님은 대단해요. 냉정하면서 침착해 도저히 못 따라가겠어요. 팀장님, 오늘 제가 술 한잔 살게요. 지쳐 보여요.

그는 그럴까 하면서 화면을 쳐다보았다. 텔레비전 화면에서는 '노인 사망 지원법'을 둘러싼 시위가 한창이었다. 법을 폐지하라는 시위대가 국회 정문 앞 보도를 점거했다. 법을 즉각 폐지하라거나 살인으로 나라가 망한다는 붉은 글귀가 적힌 현수막이 어지러웠다. 법에 찬성하는 시위대는 건너편 보도에 만만찮은 세력으로 결집해 있었다. 그쪽에서도 인간은 스스로 죽을 권리가 있다거나 고령화 시대에 흑색선전 중단하라 따위의 피켓이 한창이었다.

법 폐지를 주장하는 시위대가 국회 정문으로 행진하다가 경찰에 막히자 갑자기 방향을 바꿔 건너편 시위대 쪽으로 달려들었다. 양쪽 시위대는 물병과 피켓을 던지며 격렬하게 맞섰다. 피켓이 부러지자 남은 막대기로 상대방을 사정없이 내려쳤다. 밀집된 사람들은 엉겨붙어 주먹으로 서로를 치거나 머리칼을 잡아당겼다. 경찰이 달려들어 방패를 휘두르며 양쪽 시위대 사이로 파고들었다. 뉴스 진행자는 찬반 시위가 격렬한 가운데 안락 서비스 신청자가 폭증해서 추가 인력이 배정되었다는 소식을 전했다.

오후의 서비스 신청자는 좁은 골목을 따라 올라간 곳에 살고 있었다. 언덕을 따라 낡은 집들이 다닥다닥 붙은 동네 옆으로 악취가 풍기는 개천이 흘렀다. 강탁오는 동네 입구의 좁은 도로 끝에 붙은 유료 주차장에 차를 대고 가방에 주사약 세트를 넣었다. 머리가 벗겨지고 턱이 각진 노인이 주차권을 내주면서 지난달에도 두 번이나 왔다고 말했다.

누가 왔다는 말씀입니까? 노인은 강탁오의 청회색 제복을 가리켰다. 누구겠소? 노인을 쓸어버리는 당신 같은 자들이지. 하지만 그 정도 와서는 어림없어. 노인은 손가락으로 동네를 가리켰다. 집의 지하실 방마다 노인들이 콕콕 틀어박혔으니까. 어떤 집은 지하실을 고쳐서 방을 여섯 개나 만들었소. 어디에도 갈 데가 없는 사람들인데, 지원금이 없으면 진작 굶어 죽었을 거야. 그는 땅에 침을 퉤 뱉었다. 몽땅 쓸어버려야 할 버러지에 말종이오. 그따위 주사약으로 감당이 안 되지. 약을 하늘에서 싹 뿌려야지. 노인은 손으로 헬기가 공중에서 도는 모습을 흉내 냈다.

당신도 노인인데. 강탁오가 주차권을 뒷주머니에 쑤셔 넣으면서 말했다. 그래서 노인들이 얼마나 악랄한지 잘 알지. 아무짝에도 쓸모없는 목숨을 지키느라고 버둥대기만 하는 자들 말이야. 그들이 이 사회에 무슨 도움이 되겠어. 짐승은 그

28

렇게 추잡하지 않지. 노인은 낄낄 웃으면서 그에게 길을 가르쳐주었다.

강탁오는 주차장에서 언덕 사이로 난 골목길에 올랐다. 좁은 길은 뱀의 행로처럼 구불거렸다. 모두 숨어버렸는지 길을 다니는 사람은 없었다. 계단 옆 공터에 뚜껑을 덮은 우물이 보였다. 길바닥에 질경이가 뿌리를 깊게 내렸고, 그늘이 드리워진 우물은 음산한 기운을 내뿜었다. 강탁오는 길에 붙은 집들을 둘러보았다. 이가 맞지 않는 대문은 페인트가 벗겨지고, 문패 대신에 주소가 문짝에 갈겨 씌어 있었다. 경사진 윗집과 아랫집을 잇는 시멘트 담벼락의 기초가 벗겨져 흙더미가 드러났다. 구멍에서 흘러나온 시뻘건 흙이 시멘트에 뭉쳐서 붙어 있었다.

강탁오는 창문을 닫은 집들에서 그들을 쏘아보는 차가운 시선을 느꼈다. 시선들은 그와 조수의 가방과 등짝에 머물다가 스멀거리며 목을 타서 뺨으로 올라붙었다. 강탁오는 뺨에 벌레가 붙은 느낌을 손으로 떨치며, 목적한 집으로 찾아 들어갔다. 집의 지하층은 네 칸의 원룸이었다. 집들의 녹슨 철문은 꽉 닫혀 있어 복도에 서자 감옥에라도 들어온 듯했다. 그는 호실 번호를 확인하고 철문을 두드렸다. 응답이 없어 손잡이를 돌리자 문이 끼익 열렸다.

어둑한 방에서 불쾌한 냄새가 그들을 먼저 맞이했다. 음식물이 썩어가는 것 같기도 하고, 아니면 이 집 자체가 썩는지 모를 방 전체에 배인 냄새였다. 혹은 이 방에 사는 노인이 조금씩 부패하는지도 몰랐다. 의자에 앉은 할머니는 텔레비전에서 나오는 음산한 빛을 받아 피부가 푸른 사람처럼 보였다. 강탁오가 할머니의 이름을 부르면서 전등을 켜겠다고 말하자 그녀는 웅얼대면서 리모컨으로 텔레비전을 껐다. 창이 없는 꽉 막힌 방이 드러났다. 오른쪽에 매트리스, 그 옆에 비닐 옷장과 오래된 텔레비전, 노인이 앉은 의자가 눈에 들어오는 전부였다. 싱크대에 작은 전기밥솥과 그릇들이 쌓여 있었다. 할머니는 의자에서 부들부들 떨면서 겨우 일어섰다. 강탁오가 다가서서 부축하자 할머니는 막상 어디로 움직여야 할지 망설이는 눈치로 주위를 둘러보다가 도로 주저앉았다.

할머니는 의자에 앉아서도 떨리는 손으로 강탁오의 손목을 붙잡고 있었다. 그는 천천히 할머니의 손을 떼어내어 무릎 위로 돌려주었다. 조수가 장비를 설치하는 사이에 그는 할머니의 인적 사항을 물었다. 이상한 일이었다. 그는 할머니의 갸름한 턱선이 눈에 익다는 생각을 떨칠 수가 없었다. 강탁오는 그런 턱선을 지닌 사람은 수백 명, 아니 수천 명에 이를 것이라며 머리를 흔들었다. 할머니의 턱선뿐 아니라 방 자체도 어딘지 눈에 익었다. 그는 작업을 준비하면서 기억의 갈피를 찾으려고 애썼다. 그러나 그 기억들은 꼭꼭 숨어버려 강탁오의 호출에 응하지 않았다.

강탁오는 매트리스에 놓인 할머니의 '사망 의사 확인서'를 들었다. 확인서의 바코드를 찍어 시청으로 보내자 확인 연락이 왔다.

증인은 어떤 분입니까?

담당 복지사와 통장이야. 부탁하면 즉각 달려와.

지하실의 어두운 기운, 축축한 습기, 벽에 붙은 매트리스 때문에 강탁오는 한때 살았던 지하실을 떠올렸다. 방에 들어서면서 와락 닥친 불쾌한 냄새 때문이었는지도 모른다. 엄마가 사라지자 강탁오는 큰아버지 집에서 더부살이를 했다. 큰아버지의 지하실은 추웠다. 추위는 가을 시작 무렵부터 몰려와 봄의 끝자락에서 물러나갔다. 그는 이불을 몽땅 꺼내고, 옷을 껴입고, 몸을 옹송그려 잠을 잤다. 지하실을 데우는 불기운은 알전구 하나뿐으로, 아이 혼자 있는 지하실에 불이 나면 안 된다는 이유였다. 지하실 벽과 바닥은 노출 콘크리트의 생경함으로 어린아이를 압도했다. 강탁오는 지상의 주택에서 밥때를 보내고는 바로 지하실로 내려왔다. 주방용품업을 하는 큰아버지가 재고로 쌓은 냄비와 프라이팬 박스를 지나서 매트리스로 뛰어들었다. 지하 창고를 차지한 쇠붙이들은 차가운 바람을 불러내 매트리스로 보내는 것 같았다.

타지에 있던 아버지는 강탁오가 여섯 살 때 사고로 돌아가셨다. 강탁오는 화장장에서 나온 달궈진 뼈를 기억했다. 갑작스러운 죽음으로 시신은 도시의 화장장에 자리를 잡지 못해 장의 버스에 실려 먼 곳으로 달렸다. 장의 버스는 고개를 넘거나 다리를 지날 때면 어김 없이 멈췄다. 그러면 나이 든 친척들이 말없이 앞으로 나가 운전석 뒤에 꼬아서 걸쳐놓은 줄에 지폐를 찔러 넣었다. 시골의 작은 화장장은 구식 시설이었다. 입구에서부터 흐느낌과 통곡과 한숨이 밀려왔다가 잦아지고 다시 몰려왔다. 검은 옷을 입은 어린 강탁오는 그 울음 속에서 멍하니 큰아버지가 시키는 순서대로 밀려갔다. 아버지 관은 아궁이 같은 곳 앞에 깔린 레일 위에 섰다. 아버지가 마지막으로 가는 곳이란다. 주변에서 통곡이 터졌다. 강탁오는 지치고 피곤했다. 이런 기억들은 희미해서 꿈결 같았다. 어쩌면 훗날 큰아버지가 자주 말해서 각인된 기억인지도 몰랐다. 그러나 아이가 다가서기 어려운 열기를 뿜어내는 철판의 모습은 기억에 또렷하게 남았다. 달아오른 철판에는 굵은 뼈와 가는 뼈가 들어 있었다. 지금 생각하면 굵은 뼈는 엉덩이와 대퇴골 뼈였던 것 같다. 긴 젓가락으로 뼈를 집어서 작은 판에 옮겨 담는 것이 소년의 임무였다. 젓가락을 철판으로 가져가자 뜨거움에 손가락이 오그라들어 뼈를 바닥에 떨어뜨렸다.

이놈의 자식이! 큰아버지의 넓적한 손이 사정없이 소년의 이마로 날아들었다. 소년은 한기를 느끼며 뼈 한 마디를 겨우 집어 판에 올렸다. 뼈를 찧는 절구 앞에서 기다리던 늙은이가 아이 손이라 약해서, 하며 거들었다. 맨손인 늙은이는 젓가락으로 철판에서 뼈를 쓱쓱 추려내어 절구에 담아 공이질을 시작했다. 강탁오에게 죽음은 달아오른 철판 바닥에 깔린 흰 뼈의 이미지였다. 그는 죽음을 떠올리면 손을 화르르 휩싸는 열기를 느꼈고, 그러면서 온몸에 한기가 들곤 했다.

큰어머니는 강탁오의 뒷전에 대고 자식을 버린 어미, 더러운 년, 붙어먹은 년이라는 말을 입에 올렸다. 붙어먹다는 말을 들을 때마다 그 상스러운 어감에 자신이 비루한 짐승으로 전락하는 것 같았다.

강탁오는 돌아가는 카메라 앞에서 서비스 절차를 시작했다. 할머니가 물었다.

많이 아파요?

아닙니다. 고통은 없습니다. 그냥 편안하게 주무시면 됩니다. 긴 꿈을 꾸는 거지요.

난 심하게 고통당하면서 죽어야 해요.

예? 그런 말씀을 왜?

그래요. 몹쓸 짓을 했으니까. 몹쓸 짓을 한 년이 곱게 가면 나쁘지요. 고통스럽게 죽어야 죄가 덜어지니까.

노인이 기침을 하자 다시 손이 떨렸다. 목이 머리를 지탱하기 힘겨운 것처럼 얼굴 전체가 떨리기 시작했다. 매트리스에 앉은 할머니는 안간힘을 다해 몸을 붙들고 있었다.

강탁오는 주사약 세트를 꺼냈다. 녹화를 시작하고 본부에 전송하자 본부에서 오케이 신호가 떨어졌다.

남기실 말씀은 없습니까?

할머니의 입이 달싹거렸다. 붉은 기운이라고는 사라진 입술은 단어를 억지로 묶어 내놓으려고 애쓰는 것 같았다. 아이가 어릴 적에 떼놓고 도망 나왔지. 그 뒤로 아이를 한 번도 찾지 않았거든. 내가 쉽게 가서는 안 되는 년이야.

강탁오는 고개를 저으며 할머니의 이름을 다시 물었다. 그가 절대로 잊지 못하는 이름은 아니었다. 그렇지만 다시 한번 확인하고 싶었다.

김화연이요. 개명한 이름이야. 옛 이름을 버렸는데, 혹시 아이를 만나면 나를 숨기고 싶었지.

강탁오의 가슴에 그 말이 굴러와 묵직한 바위로 쿵 떨어졌다. 강탁오는 오른손으로 가슴을 누르며 큰 숨을 쉬었다. 그의 머릿속에서 갈피가 뒤섞이며 할머니의 턱선이 도드라져 보였다. 그가 어머니의 치맛자락을 붙잡고 자주 올려다본, 뺨으로 올라가는 부드러운 곡선이었다. 그는 그 턱선이 숙어지면서 얼굴이 자신에게로 향하는 순간을 좋아했다. 하지만 그럴 리가 없었다. 개명을 해도 성까지는 아니었다. 그는 순간

안도했다. 그러나 과거에서 온 유령이 낚아채기라도 한 양, 어떤 끔찍한 상상에서 빠져나오지 못했다. 이상한 일이었다. 그건 분명 그의 상상이었다. 상상의 힘이 정신을 사정없이 후려쳐, 그는 지탱할 곳을 찾으며 휘청거렸다. 그의 어머니는 이 도시를 떠나 먼 곳으로 갔었다. 큰어머니가 수백 번이나 되풀이했던 말이었다. 그는 '사망 의사 확인서'를 다시 들여다보았다. 눈이 침침했다. 가족 사항과 주소도 그의 기억과는 확연히 달랐다. 그의 어머니는 벌써 죽어서 흰 뼈로만 남았을까? 아니면 어느 이름 모를 소도시에서 안락 서비스를 받고 있을까? 그는 몇 번 기침을 했고, 갈라지는 목소리를 느끼며 물었다.

더 남기실 말씀은 없습니까?

김화연 할머니가 강탁오를 쳐다보며 희미한 웃음을 흘렸다.

아이가 잘 자랐는지 알고 싶어요. 그때 아이를 죽이고, 나도 죽으려 했는데 못했어. 저 세상에서 아이에게 미안하다고 말할 거예요. 그때면 너무 늦으려나.

그는 노인을 들어 올려 편히 눕혔다. 노인은 마른 나뭇가지처럼 가벼워 번쩍 들렸다. 편안하게 누운 노인은 자신을 안고 있는 강탁오를 빤히 바라보았다. 이제 다리와 가슴도 떨리기 시작했고, 눈꺼풀도 흔들렸다.

강탁오도 한기가 들었다. 핏줄에 얼음을 집어넣은 것처럼 찬 기운이 몸을 재빨리 돌아 머리로 올라왔다. 그는 눈을 깜박이면서 이마에 손을 올렸다. 손까지 차서 몸이 더 빨리 식는 것 같았다. 귀에서 윙윙 소리가 들리다가 먹먹해서 그는 자신도 모르게 입을 벌렸다.

강탁오는 정신을 모아 조용히 김화연 할머니에게 말했다.

제가 아는 아이가 있습니다. 다섯 살에 엄마가 집을 떠났지요. 그 아이는 고등학교를 마치고 바로 취직했고 직장에서도 평판이 좋았지요. 아이는 몸도 건강했고……

이미 다 커버린 사람을 아이로 부르는 게 적당한가 싶었다. 그러나 아이는 아이였고, 성인으로 자란 지금도 여전히 마음 한구석은 아이인지 몰랐다.

할머니가 중얼거렸다. 내가 떠날 즈음에도 아이가 어렸지.

조수가 강탁오에게 조심스럽게 말을 건넸다.

팀장님, 녹화 시작하면 신청자에게 말을 걸면 안 되는데요.

강탁오는 조수에게 사나운 눈초리를 던지고 말을 이었다.

아이는 어릴 적부터 달리기를 잘했다고 합니다. 운동회에서 백 미터 달리기와 릴레이를 휩쓸었고, 초등학교 일학년부터 육학년까지 한 번도 일등을 놓친 적이 없다고 했지요.

김화연의 떨림이 멈췄다. 강탁오는 천천히 할머니를 매트리스에 내려놓았다.

귀에 꽂은 리시버에서 본부 담당자가 다급하게 말했다.

강 팀장, 뭐하는 거야. 서비스 시작하면 신청자에게 규정에 없는 말을 하면 안 돼. 어어, 당장 떨어져.

강탁오는 얼굴을 할머니의 귀 가까이로 가져갔다. 죽음을 앞둔 김화연의 숨결이 어쩐지 달콤하게 느껴졌다. 그는 소곤대면서 말을 이어나갔다.

그 아이는 고등학교를 착실하게 개근을 했다지요……

서비스 부장의 성마른 목소리가 리시버에서 울렸다.

강탁오, 이거 왜 이래? 오늘 민원인 때문에 그러냐? 요청자와 신체 접촉은 금지돼 있어. 어이, 어이, 회사에서 쫓겨나겠다는 거야? 당장 떨어져. 이건 지시야.

강탁오는 리시버를 귀에서 빼내서 의자로 던져버렸다. 조수가 어쩔 줄 모르며 녹화 장비에 손을 대다가 떼곤 했다.

김화연의 얼굴이 환해지며 미소를 띠었다. 그녀의 떨림이 멈추자, 떨림을 물려받았는지 강탁오의 손이 떨리기 시작했다. 그의 몸이 마구 흔들려 멈출 수 있을까 싶었다. 그는 이를 앙다물면서 주사약 세트의 열쇠를 돌리고 비밀번호를 눌렀다. 삑, 비밀번호가 맞지 않는다는 경고음이 울렸다. 한 번 더 비밀번호가 틀리면 주사약 세트는 잠겨버렸다. 김화연이 뭐라고 중얼거렸다. 뭐라고요. 그는 귀를 가까이 댔다. 허파에서 바람이 빠지는 가늘고 발음이 분명하지 않은 말이었다.

그는 한숨을 쉬고 비밀번호를 천천히 눌러 첫번째 마춰 주사약을 꺼냈다.

강탁오를 바라보는 김화연의 눈이 놀랄 만큼 맑았다. 그는 어디선가 그 눈을 보았다. 10년을 키워온 애견이 중병에 걸려 죽임을 당할 때였다. 강탁오가 개를 안고 있는 사이에 수의사가 약을 주사했다. 개는 맑은 눈으로 주인을 바라보며 계속 꼬리를 치고 있었다. 주사약이 들어가는 사이에 개는 귀를 납작 내리깔았다. 그러면서 개는 혀를 내밀어 강탁오의 손을 핥았는데 평소와 달리 껄끄럽지 않았다. 약이 돌자 개의 눈동자가 풀어지면서 혀의 움직임이 느려지다가 뚝 그쳤다.

강탁오는 김화연의 팔에서 혈관을 찾았다. 그가 주삿바늘을 들어 올리자, 김화연이 손을 들어 그의 팔을 쓰다듬었다. 김화연의 얼굴에서 미소가 커지며 눈물이 한 방울 뚝 굴러 떨어졌다.

기억의 뿌리

박상철은 112호실을 찾았다. 장례식장의 입구에서 복도를 두 번 꺾으면 나오는 112호실은 특대실 옆이었다. 특대실에서 내놓은 화환이 복도를 메우고, 112호실 앞까지 자신 있게 치고 들어왔다. 특대실을 알리는 표지에는 111호실이란 노골적인 번호가 달라붙어 있었다. 죽음의 여정까지도 특별하고 대단해야 마땅하다고 말하고 있는 듯했다. 그곳은 검은 양복에 검은 넥타이를 맨 문상객들로 가득 차서 바쁘게 돌아갔다.

박상철은 통증이 파고드는 무릎을 붙잡고 화환에 걸린 이름을 둘러보았다. 시장과 대표이사와 변호사와 의사와 동창회 이름 모두가 어디에도 꿀리지 않는다는 힘찬 필체로 당당하게 서 있었다. 박상철이 회장님 대부인의 상이라는 옆 사람의 소리를 흘려들으며 안을 들여다보자, 입구에 선 안내인이 공손하게 머리를 숙였다.

그는 112호실로 발을 돌렸다. 위세가 높은 특대실 옆에 자리 잡은 바람에 112호실은 분위기에서 이미 적지 않은 손해를 보고 있었다. 차현미는 본래 번창한 집안의 사람이 아니었다. 첫날이지만 몇몇 자리만 문상객이 앉은 한적한 분위기는 그가 알고 있었던 차현미 집안 내력과도 그다지 차이 나지 않았다. 그는 보행 보조기를 갖고 오지 않아 다행이라고 생각했다. 그렇지 않아도 허약한 몸을 더 돋보이게 하고 싶지는 않았다.

박상철은 조문실 앞을 지나면서 영정에 시선을 돌렸다. 오랜만에 보는 그녀의 얼굴이었다. 올해 그와 같은 나이의 78세 여자는 60대 중반쯤의 얼굴로 사진에 들어앉아 있었다. 저 사진은 언제 찍은 것일까? 왜 유족은 죽을 당시보다 유독 젊은 사진을 선택하는 것일까? 그가 지나가자 조문실에 앉아 있던 유족이 화들짝 일어났다. 문상을 해야 할까? 그의 마음은 하지 않는 쪽으로 기울었다. 그는 조문실을 지나 벽에 붙은 구석 자리에 앉아서는 벽에 기대 다리를 쭉 뻗었다. 숨이 찼다. 무릎과 오른 어깨의 관절이 동시에 아팠다. 늦가을이 되면서 관절의 통증은 자주 일어났고 강해졌다. 그는 이번 겨울을 견딜 수 있을까 싶었다. 나이가 들면서 신체의 기능이 떨어지고 통증은 방어를 하지 못한 육체를 독하게 헤집고 들어왔다. 그는 속수무책으로 통증의 공격에 몸을 웅송그려 견딜 수밖에 없었다. 78세 차현미의 마지막도 그렇게 지나갔겠지.

핸드폰의 문자로 차현미의 부고가 들어왔었다. 발신 번호가 낯설었다. 유족이 차현미의 핸드폰에 저장된 번호로 한꺼번에 발송을 한 것 같았다. 요즈음 그의 핸드폰은 어쩌다 광고 문자만 들어왔고, 사회적인 관계로 연결됐던 소식은 모두 끊기다시피 했다. 폴더폰으로 불리는 구식 핸드폰을 아직도 사용하고 있어서만은 아니었다. 그는 그나마 관계가 이어지던 초등학교와 고등학교 동창회도 나가지 않았다. 아는 얼굴 거의가 죽었거나 요양 병원으로 실려가서 제구실을 못하는 상태라, 나가본들 이제는 생활에 도움이 되지 않았다. 죽음이 임박한 사람들은 예전처럼 손주의 경사도 자랑하지 않았다. 그들에게 세상은 점점 끝없이 빠져나가는 썰물이었다. 썰물 사이로 무엇이 나타나든 그들은 관심도 없었고, 챙길 여유도 없었다. 한때는 북적댔던 동창회 모임 자체도 사라지는 회원들을 따라 나락으로 떨어지고 있었다.

일하는 아주머니가 그의 앞에 상을 차렸다. 돼지 수육과 마른안주와 시래깃국밥을 지켜보았다. 아마도 그가 죽을 때까지, 아니면 그의 아들 대가 죽을 때까지는 변하지 않을 차림이었다. 그는 소주를 한 병 땄다. 그래도 차현미가 죽은 자리에 소주 몇 잔은 들이켜야 마땅하지 않을까 싶었다. 그는 소주잔을 들다가 팔이 떨리는 바람에 잔을 쏟았다. 팔의 경련은 수시로 일어났으며, 몸의 곳곳이 이제는 제 역할을 할 만큼 했다며 반란을 일으키고 있었다.

한 자리를 건넌 곳에서 문상객들이 소주를 마시고 있었다. 그들은 죽은 차현미를 잘 아는 모양이었다.

빨리 죽는 게 나았지. 어허. 이 사람 초상집에서 별소리를. 10개월이나 마비 상태로 누웠으면 충분해. 저 나이에 뇌출혈을 당하면 다시 회복하기는 어렵거든. 더 고생해서 뭐해. 남편이 살뜰하지도 않고. 남편이 애를 좀 먹이기는 했지. 조금이라. 그걸 조금이라고 하면 말이야.

그들은 거리낌이 없었다. 그러나 그들 자리의 대화에 귀를 기울이는 사람은 박상철뿐인 것 같았다.

이봐. 조용히 해. 저기 왔다니까. 그들은 고개를 돌려서 성큼성큼 들어오는 남자를 향했다. 남자는 81세의 나이로 믿기 어려울 만큼 건강해 보였다. 차현미가 그에게 세 살 많다고 알려준 나이라면 그랬다. 숱이 많은 은발에 적당하게 근육이 잡힌 단단한 몸을 양복 속에 감추고 있었다. 허리가 꼿꼿했고 어깨도 딱 벌어져 적어도 10년은 낮춰 잡아야 할 몸매와 얼굴이었다. 차현미의 말이 기억났다. 우리 그이는 몸의 나이가 10년은 젊어요. 그래서인지 애인도 꼭 10년 아래 것들만 사귄

다니까요. 30대에는 20대를, 50대에는 40대를. 다른 무엇보다 나이가 10년은 어려야 눈에 들어온다고 하니. 30년 전쯤에 들었나. 아니면 25년 전에 들었나. 언제 들었는지는 중요하지 않았다. 그러나 그게 중요하든 하찮은 일이든, 언제쯤 일이었는지를 기억해내는 건 어려웠다. 박상철의 기억 속에 그녀와의 일들은 뒤죽박죽으로 섞여, 제본이 잘못되어 연대가 엉망이 된 현대사 책을 살펴보는 것과 같았다. 어쩌면 그녀는 박상철을 만날 때마다 그 말을 되풀이했는지도 모른다.

차현미의 남편은 장례식장을 쓱 휘둘러보고, 사람들이 적게 앉은 모습이 마음에 차지 않았는지 다시 살펴보았다. 그는 성큼성큼 조문실로 걸음을 옮겼다. 조문실로 들어간 그는 오래지 않아 밖에 나와서는 주위를 둘러보고, 웬 할머니가 앉은 자리로 옮겨갔다. 박상철은 몸을 비스듬히 돌려 그들을 지켜보았다. 할머니는 즐거운 외출을 대비한 매무새로 문상을 온 차림새는 아니었다. 늦가을에 어울리는 산뜻한 차림에 스카프까지 둘렀는데, 그녀는 아무래도 스카프까지는 아니라고 생각했는지 풀어서 가방에 집어넣었다.

저기 좀 봐. 한 자리를 건넌 자리에서 목소리를 낮춘 대화가 시작되었다. 참 뻔뻔하기도 하지. 아니, 아내가 죽은 자리에 어떻게 애인을 데리고 와? 뭐, 못 데리고 올 것 있어. 인수인계도 하고 방 열쇠도 넘겨줘야지. 나이가 몇 살인데 아직도

저 버릇을 못 고쳤네. 어허, 백세까지 가는 요즘 세상이야. 늙은이는 뭐 애인 두지 말라는 법이라도 있나. 그래도 여기까지 쫓아오는 건 기본이 되지 않은 거지. 뭘, 사랑에 빠지면 눈에 보이는 게 있나. 이 사람이 아직 열렬하게 사랑을 해보지 않은 모양이야. 어허, 늙어서 창피하게스리. 그걸 창피하게 여기면 아직 인간 연구가 덜 된 거야. 허허, 그런가.

이상한 일이었다. 박상철의 몸 기능은 날로 저하되었지만, 청력만은 오히려 밝아졌다. 그는 지하철에서나 식당에서 귀를 세워 사람들의 대화에 집중했다. 그들은 집안의 비밀에서 직장 선배의 흠까지, 놀랄 만한 이야기들을 거리낌 없이 해댔다. 박상철로서는 우연히 만난 그들의 비밀을 전파할 능력이나 방법은 없었다. 그러나 그들이 널리 알려지면 수치스럽거나 문제가 될 말을 공공연하게 소재로 삼아 대화를 나누는 모습에서 그 말들이 실제로는 비밀의 효용을 잃지 않았나 짐작했다. 그렇지 않다면 저렇게 뻔뻔스럽게 허공에 말을 쏟아낼 리가 있을까.

옆자리에 앉은 네 사람의 대화가 이어졌다. 저 할멈, 상당히 젊어 보이는데. 그럼. 아마 70대 초반일걸. 70대 초반! 그럼 남자보다 나이가 아주 어리잖아. 아, 그 정도는 되어야 늘그막에 연애하는 기분이 나지. 저 여자 실제로는 60대 초반으로 잡아줘야 해. 저 남편보다 20년은 더 어리다니까. 도대체 그게 뭔 이야기야. 그게 여자가 공무원으로 퇴직했거든. 연금이 괜찮게 나와. 이런저런 비용을 남자가 죽을 때까지는 대준다니까. 돈값이 10년은 더 어리게 만들지 않겠어. 맞아. 그만한 조건은 돼야 여기에도 얼굴을 내밀지. 그들은 갑자기 목소리를 낮춘 대화와 어울리지 않게 동시에 웃음을 터뜨렸다. 차현미의 남편이 불쾌한 얼굴로 쳐다보았다. 그는 이쪽 자리에서 올라간 톤으로 벌어지는 대화와 소란스러운 웃음이 풍기는 분위기를 짐작한 것 같았다. 박상철이 한눈에 봐도 그 자리는 불온한 기운이 넘쳐흐르는 것처럼 보였다.

백관이 박상철에게 와서 필요한 게 없냐고 물었다. 그는 조용히 고개를 저었다. 숨이 가릉거리며 기침이 터져 나왔다. 백관이 기침이 끝나기를 기다려 소주를 한잔 권하며 조심스러운 호기심을 보였다. 실례지만 고인과 어떻게 되시는지요.

초등학교 동창이오.

아, 그러시면 금산 초등학교. 그렇지요. 저도 잘 압니다. 학교 역사가 깊고 인물도 많이 나왔지요. 백관은 동창이라는 말에 혼자 오래 앉아 있었던 그의 자세에 해답을 얻은 것처럼 물러났다.

동창이 틀린 말은 아니었지만, 차현미가 전화를 건 날로 그녀는 동창의 존재를 넘어섰다. 40여 년 전의 늦가을이었다. 그와 그녀는 동창으로 얼굴이야 익숙했지만, 특별히 가깝지는 않았다. 그녀의 전화를 받고 박상철은 다소 놀랐다. 여자가 특별한 용건 없이 남자에게 전화를 거는 건 요새도 그렇겠지만, 그 당시엔 더욱 드물었다.

차현미가 누구인가? 그에게 차현미는 늘 가까이 있으면서도 결코 손에 닿지 않는 무엇이었다. 나이를 먹고 세상을 알 만큼 안 뒤에도 그 생각은 변함이 없었다. 남들 눈에 특별할 게 하나 없는 작고 평범한 여자를 자신만 보석으로 본다는 것도 그는 알고 있었다. 인간관계, 특히 남녀 관계는 어떤 원리나 이치가 없는 것인지도 모른다.

그 운명은 초등학교 입학 때 이미 결정되었다. 키 순으로 줄을 세우면 그 여자아이는 저 앞 멀리 떨어져 서 있었고, 교실에서 앉는 자리도 6년 동안 한 번도 겹치지 않았다. 그런데도 처음 본 그 순간부터 그에게 그 여자아이는 손에 잡을 수 없는 그리움이었다. 그 여자아이만 가까이 있으면 모든 것이 달라졌다. 학교에서 여름 방학 직전에 학생들을 바닷가로 데려간 적이 있었다. 남자아이들은 달리기나 씨름을 했고, 여자아이들은 조약돌이나 조개 따위를 줍고 모래성을 쌓았다.

여러 놀이를 거친 뒤 몇몇 악동이 높은 갯바위에서 바다로 뛰어내리기 시합을 했다. 처음에 박상철은 그 놀이에 낄 생각이 전혀 없었다. 그런데 한쪽에서 놀던 여자아이들이 하나둘 모여들기 시작했다. 차현미가 나타나자 박상철은 자기도 모르게 자리에서 일어났다. 갯바위는 아래에서 볼 때와는 다르게 아득하게 높았다. 햇빛이 하얗게 녹아내리고 푸른 파도가 저 아래 꿈틀대고 있었다. 죽어도 괜찮겠다는 생각을 머릿속에 담으며 그는 떨어졌다. 그리고 그대로 기절해버렸다.

그들은 20대와 30대를 보내면서 은밀한 데이트도 한 번 못 해봤다. 아예 서로가 결혼 상대라고 생각하지 않았다. 늘 그만한 거리에 손에 잡히지 않는 무엇으로 있어야만 한다고 생각했다. 그런데 각자 다른 사람과 결혼하고, 아이를 낳고, 이제 늙어가는 처지에 차현미가 여자의 자존심도 내려놓고 만나자고 한 것이다.

그와 그녀는 횟집에서 저녁을 먹고 다방에서 커피를 마시고 공원을 거닐었다. 순서가 뒤바뀌었거나 어쩌면 커피를 마시지 않았을지도 모른다. 40여 년의 시간이 지난 장면은 삭아서 흐릿했다. 그녀가 여관이 늘어선 골목에서 다리가 아프다며 어디든 쉬어가자고 할 때, 그는 쉴 곳을 찾았다. 주변에 쉴 곳이 없었다. 그는 차현미의 시선이 여관의 간판에 머무른 것을 보고서야 그녀가 뭘 원하는지를 깨달았다.

그녀는 얌전하고 정숙했다. 박상철은 여러 번의 동창 모임에서 그녀의 행동을 그렇게 기억하고 있었다. 그 인상은 그녀가 여관의 카운터에서 지갑을 꺼내 먼저 요금을 치르면서 깨졌고, 눅눅하고 음습한 기운이 도는 방에 들어서면서 두번째로 깨졌다. 둘만의 밀실에서 그녀는 한여름의 폭염이었다. 펄펄 끓는 숨길에 몸이 데지나 않을까 놀라웠다. 지치지도 않았고, 탐욕스러웠고, 끈질겼다. 박상철은 차현미의 상스러운 어조에도 놀랐다. 그녀는 절정에 오르면서 닳고 닳은 술집 여자들이나 쓸 비속한 소리를 부끄러움도 없이 마구 내질렀다. 새벽이 와서야 격동의 밤은 끝났다.

몇 년이 지나서 또 한 차례의 밤을 가졌다. 두번째 만남도 첫번째 만남만큼이나 놀라웠다. 지나간 한 번은 아주 뜨거웠고, 이번은 지독하게 차가웠다. 그녀는 증오하는 적군에 사로잡힌 아녀자의 행세였다. 몸을 쉽게 열지도 않았고, 피부는 오소소하게 날이 서 있었다. 두 번의 밤으로 그녀와의 밤은 다시는 찾아오지 않았다. 동창회 모임으로 띄엄띄엄 만남이 이어지다가 그녀가 나오지 않으면서 그조차 사라졌다. 그녀는 이상하게도 이 년쯤에 한 번씩 박상철에게 전화를 걸어 이런저런 대화를 길게 나눴다. 그리고 역시 일상적인 대화를 나누는 만남이 삼사 년에 한 번쯤 커피숍에서 이어졌다. 깊은 의미를 담은 신체 접촉은 더 이상 없었다. 습관적이고 관례적인 동창의 만남으로, 만남의 질과 성격은 몹시도 후퇴해버려 한때 둘이 올랐던 밤의 고지는 다시는 탈환하기 난망한 철벽의 요새로 바뀌었다.

그런 만남과 통화를 하면서 박상철은 차현미와의 밤이 어떤 의미가 있는지 생각해보았다. 그건 그러니까 그녀와 악수를 하거나 어깨를 한 번 감싸 안은 것과 별다를 바 없는 행동이었다. 그녀와의 관계에서 획기적인 전기로 생각했던 밤들은 점점 무게와 부피가 줄어들어 겨우 악수 정도와 함께 저울추에 올려도 서로 균형을 맞출 만큼 격하되고 말았다. 그러면서 그는 첫번째 밤에 그녀가 자신이 아닌 다른 남자 누구라도 택하지 않았을까 묻곤 했다. 그날 자신은 우연히 첫번째나 두번째의 통화에 걸려든 사람이 아니었을까 하는 합리적인 의심이었다. 뿐만 아니라 혹시 그녀가 그즈음 여러 남자와 동시다발적인 만남을 가진 게 아니었을까 넘겨짚어도 보았다. 그러나 동창 모임에서 그녀의 행실에 관한 엇나간 소문이나 괴상한 풍문은 한 번도 들려오지 않았다.

시간이 흐르면서 녹슬어가는 첫 밤에 가장 기억에 각인된 것은 그녀의 보드라운 피부나 달콤한 입술이 아니었다. 남편을 향한 그녀의 분노였다. 정사를 끝내고 의자에 앉은 그녀가 소주를 입에 부으며 소리를 질렀다. 죽여버리겠어! 그녀는 한 번의 외침으로는 남편을 죽이기에 부족하다는 듯이 더 높게 소리쳤다. 죽이고야 말 거야! 그녀는 남편을 죽이기만 한다면 이까짓 뜨거운 밤이야 천 번이라도 더 치러도 된다는 표정이었다. 죽이겠다는 결의를 다지는 그 선언은 좀전의 뜨거운

정사와는 너무나 대조적인 뜻밖의 언어라 박상철의 기억 갈피에 깊숙하게 박혔다. 그는 순간적으로 혹시 그녀가 자신에게 남편을 죽여달라는 청탁을 했나 싶었다. 그만큼 그녀의 고함은 독백이라기보다 그 자리에 앉은 둘을 향한 다짐처럼 들렸다. 그러나 불타는 증오를 담았던 그녀의 눈빛은 천천히 가라앉았다. 그녀는 폭발하는 제정신을 가까스로 건져낸 것 같았으나, 그녀의 고함이 그날 밤의 쾌락을 모두 압도하는 인상을 남기고 난 다음이었다. 그래서 차현미와의 첫 밤을 회상하면 죽이겠다는 말과 시퍼렇게 날이 선 칼을 남편의 배 속 깊이 칼자루까지 닿도록 쑤셔 넣을 것 같은 그녀의 생생한 표정이, 다른 모든 육체적인 접촉과 대화를 밀어내고 정상에 걸터앉아 있었다.

그녀의 남편, 지금 장례식장에 안하무인으로 자신의 애인을 데리고 온 남자는, 당시 괜찮은 무역 회사에 근무하면서 홍콩으로 자주 출장을 갔다. 첫 밤을 지낸 날도 남편이 홍콩으로 3박 4일의 출장을 간 날이었다. 그때 차현미는 지금의 옆자리 문상객처럼 남편의 행실을 탓했다. 그 시절 그녀가 분노를 담고 있었다면, 지금의 문상객들은 경멸을 담고 있다는 것이 차이점이리라. 40여 년 전 그 당시에도 남편은 열 살 아래쯤의 여자들만을 찾아다녔고, 그런 여자들에게 인기가 좋았다. 언제쯤인지는 모르지만, 그런 여자 중 하나가 직접 차현미를 찾아오기도 했다.

 진한 화장을 한, 어쨌든 차현미보다는 한창 젊은 여자는 그
녀에게 아내 구실을 잘 못한다고, 괜찮은 남자를 당신이 다
버리고 있다면서, 냉큼 아내라는 자리에서 물러나라고 고함
을 쳐댔다. 더 놀랍게도 그녀의 남편은 거실에서 돌아앉아 젊
은 여자가 아내에게 퍼부어대는 욕설과 행패를 묵인했다. 여
자가 차현미에게 폭언을 해대는 사이에 남편은 차현미 너도
잘한 짓은 없지 않냐 하는 얼굴로 무연한 태도를 취했다. 그
런 뻔뻔한 태도를 등에 업은 여자의 기세는 대단했다. 여자는
차현미의 부족한 점을 조목조목 나열했고, 남자를 잘 모시는
자신의 장점을 그보다 월등히 많이 들이댔다. 여자는 몇 번이
나 남편 잘 만난 줄 모르는 여자가 살림인들 제대로 챙기겠냐
며 그녀를 비난했다. 그날의 소동은 차현미의 친정 오빠와 올
케가 달려와서 여자 머리채를 휘감고 패대기쳐서야 수습되었
다. 그때까지도 남편은 두 여자 사이에서 냉정하게 중립을 지
키는 심판의 자세로 침묵했을 뿐이었다.

 박상철은 장례식장의 벽에 기댄 채로 오른 무릎을 접고 왼
쪽 다리를 폈다. 문상객은 많지 않았다. 차현미의 첫째 아들
은 성공에 가장 다가섰지만, 불의의 사고로 세상을 떠났다.
박상철은 어느 날 밤에 잠긴 목소리로 아들의 사망 이야기를

전하는 그녀의 하소연을 오래도록 들었다. 차현미는 통화를 하면서 가슴을 쥐어뜯고 통곡했다. 그녀는 자신의 초등학교 동창을 비롯한 주위에 아들의 죽음 소식을 알리지 않았다. 그래서 박상철은 그녀가 아들의 죽음을 흐느끼며 전한 배후에 자신에 대한 신뢰가 자리 잡았다고 믿었다. 남은 아들과 딸은 고향을 떠나 서울에서 그다지 밝지 못한 삶을 산다고 들었다. 성공하지 못한 자녀의 지인들이 문상 때문에 서울에서 먼 이곳 도시까지 내려오기는 쉽지 않을 터였다. 유족이 병원에서 크기가 작은 장례식장을 구했지만, 빈자리가 훨씬 많았고, 그 자리는 내일도 채워질 성싶지 않았다.

박상철은 장례식장의 풍경과 탁자에 놓인 판에 박힌 음식과 조문객의 오고감을 유심히 살펴보았다. 머지않아 자신에게도 닥칠 일이었다. 아니 정확히는 자신의 자녀가 치를 일이었다. 그는 최근 들어 매일 걷는 영역과 행동반경이 급속히 좁아진 것을 알고 있었다. 그는 기력이 없거나 빠져나간다는 말을 실감하면서, 자신의 삶이 점점 생존이나 서식이라는 단어 쪽으로 기울어가는 게 아닐까 헤아렸다. 윤기를 잃고, 깊은 주름이 잡히고, 검은 반점들이 박힌 피부 문제가 아니었다. 걷지 못하면 그걸로 자신의 삶은 마지막에 도착한 것이다. 아들 하나와 딸 둘은 그다지 도움이 되지 않는 아버지에 대한 관심을 접고는 그저 아버지가 자신들에게 손을 벌리지 않는 형편인 것만 감사하게 여기는 것 같았다. 자식들은 띄엄 띄엄 거는 안부 전화와 일 년에 한두 번의 방문으로 아버지에 대한 관계를 유지했다. 어쩌면 그들은 쓸모가 다한 박상철의 조속한 죽음을 기다리는지도 몰랐다. 그로서는 자식들을 키우면서 할 만큼 해줬다고 여겼지만 그건 자신의 일방적인 착각에 그칠 뿐인지도 몰랐다.

밤이 깊어지자 자리에는 사람이 거의 없었다. 서로 친한 사이로 보이는 주방 아주머니 둘이 일을 정리하기 전에 간단한 야식을 들고 구석 자리에 앉았다. 아주머니 한 사람은 아들이 시원찮은 여자를 데리고 와서 골치가 아프다고 말했다. 내 아들도 별로지만, 며느릿감은 더 별로야. 본인이 좋다고 하니 어쩔 수 없지만, 차라리 튼실한 필리핀 처자가 더 나을까도 싶어. 하여튼 우리 아들은 철이 없다니까. 아니, 그쪽 아들이 왜 별로야. 요새 경찰 시험이 얼마나 어려운데. 글쎄, 5년 낙방 끝이라 까먹은 돈도 많아. 그게 어디야? 사귄다는 여자애는 뭘 해? 어린이집 보모 교사로만 떠돌고 친정 살림도 볼 게 없어. 친정만 좀 살아도 살림 출발이 훨씬 쉬운데. 무슨, 걱정도 심하다. 남자 여자는 뜻만 맞으면 그게 아파트 한 채보다 낫다. 아니, 그런데 이 집 영감 말이야. 어떻게 팔십이 넘어도 저렇게 튼실해? 왜? 부러워? 데리고 살아볼래? 아이고, 남자라면 이젠 지긋지긋하다. 하여튼 저 영감, 여자 편력이 심했대. 결국은 조용하게 넘어갔지만, 두 번은 집안에 분란이 크게 터졌다는데. 여자들은 웬만해선 참고 그냥 지나가잖아. 그래? 좀 산다 싶으면 여자 욕심 없는 남자가 있나? 저 영감은 좀 별스러워. 콜라텍에서 만난 60대 여자와 돈을 주고 관계를 맺기도 하고. 안마 시술소에서 젊은 것한테 서비스 받다 단속에 걸리기도 하고. 더 재미있는 건 아파트 노인정에서 얼마 전에 칠십이 된 할머니와 연분을 내는 바람에 노인정이 발칵 뒤집혔다네. 그 할멈 남편과 며느리가 찾아와서 항의하고 말이야. 그런데 할멈이 찾아온 할아버지에게 당신이 이날까지 해준 게 뭐 있냐고 큰소리를 탕탕 쳤대. 요새 세상 재미있지. 그러게 말이야. 그 할아버지는 자기 할멈에게 평소에 좀 잘해 주지 그랬어. 여자들이야 남자가 잘하면 어디 밖으로 눈을 돌리냐 말이야.

박상철은 새벽 1시가 되어서 어기적거리며 일어났다. 오래 앉았다가 일어나자 온 관절에 통증이 몰려와 격렬한 전투 끝에 부상이라도 생긴 것 같았다. 그는 무릎을 짚고 한참을 서서 몸을 천천히 움직였다. 문상객 자리에는 화투를 치는 한 자리만 남아 있었다. 유족들이 쉬는 모양인지 조문실에는 아무도 없었다. 그는 혼자 덩그러니 자리 잡은 차현미의 영정을 유심히 살펴보았다. 자신의 몸 한 조각이 그 여자의 몸 한쪽에 섞인 그 일은 과연 일어나기라도 한 것일까. 그럼에도 그는 그녀의 영정이, 아니 그녀가 자신에게 뭔가 말을 거는 것처럼 느꼈다. 머지않아 같은 길을 걷게 될 사람의 동지 의식이라고나 할까. 고지를 탈환하는 마지막 전투에 나서기 직전의 긴장감이라고나 할까. 화투를 치던 사람이 새벽까지 버틴 그를 보고 의아한 눈초리로 잘 가시라는 인사를 건넸다.

박상철은 새벽 5시에 일어났다. 눈을 뜨면 변함없는 벽과 가구가 그를 맞았다. 그는 아침마다 눈을 뜨면 무덤덤하게 자신이 살아 있음을 느끼고, 몸에 익은 순서대로 일상을 이어나갔다. 방이 작지는 않아서 침대 옆에 작은 책상까지 달려 있었다. 방 하나에 거실 겸 부엌 하나. 혼자인 몸을 보내기에 좁은 공간은 아니었다. 집에는 꼭 필요한 가구와 살림살이만 남아 있었다. 밥그릇을 비롯해 접시와 냄비와 수저까지 두 개씩만 갖췄다. 작은 냉장고와 세탁기, 텔레비전이 있었고, 그 외에 집에 없어도 될 물건은 찾기 어려웠다. 정선된 물건들은 일당백의 정신으로 자신의 용도 외에도 다른 쓰임이 주어지면 나서겠다고 굳은 결의에 찬 것처럼 보였다.

박상철은 암 진단을 받으면서부터 집 안의 물건을 줄이기 시작했다. 의사가 초음파 사진과 몇 가지 검사 수치를 제시하면서 간에 심각한 문제가 발생했다고 말해도 그는 무덤덤했다. 의사가 절제 수술을 권하자 그는 이 나이에 뭘, 하면서 동의하지 않았다. 어르신 나이가 어때서요. 아직도 건강하게 사

실 날이 깁니다. 그는 젊은 의사의 덕담에 가까운 말을 뒤로
하고 병원에 발길을 끊었다. 그러고는 집 안의 물건을 꾸준히
버리기 시작했다. 매일 조금씩 버렸지만, 두 달이 지나 싱크
대의 그릇이 텅 빈 모습에 자신도 깜짝 놀랐다. 살림을 줄인
방과 거실이 자신의 몸처럼 추레하고 허약하게 보였다.

그는 샤워를 하고 병원 장례식장으로 향했다. 아침 6시인데
도 특대실은 분주했다. 어디서 잤는지 머리를 다듬고 깔끔하
게 면도까지 한, 검은 넥타이를 맨 사람들이 여기저기에 포진
해 있었다. 그가 차현미의 112호실로 들어서자 유족과 백관이
의아해하며 잠시 동작을 멈췄다. 그는 조문객이라고는 아무
도 없는 탁자 사이를 지나서 태연하게 어제, 아니 오늘 새벽
까지 머물렀던 자리로 걸어 들어갔다. 검은 치마를 입은 여자
가 다가와서 아침을 드셨느냐고 물어 그는 고개를 저었다. 아
직 준비가 안 되어서요. 음식이 따뜻하지 않아서 죄송합니다.
박상철은 냉장고에서 꺼내 전자레인지로 데운 시래깃국에 숟
가락을 넣었다. 찬이 어제에 비해 몇 가지 빠졌으나 아무래도
상관없는 일이었다. 그는 아내가 죽은 후 몇 달 지나서부터
집에서 한두 가지의 찬만으로 밥을 먹어왔다.

발인이 내일이라 아직은 급하지 않은 장례식장의 아침은
느릿느릿 움직였다. 차현미의 아들이 박상철 자리로 와서 공
손하게 물었다. 어머님의 초등학교 동창 되신다면서요. 이렇

게 일찍 찾아주셔서 감사합니다. 어제도 늦게까지 계셨다고 들었습니다. 아들의 예의를 갖춘 목소리에는 아침에 혼자만 장례식장 자리를 차고앉은 늙은이에 대한 생경함과 거북스러움이 묻어 있었다. 그는 아들을 쳐다보았다. 차현미의 얼굴 윤곽과 눈매가 닮아 있었다. 장례식장이 아닌 곳에서 만났다면 차현미와 연결 짓기가 쉽지 않았겠지만, 이곳에서는 둘 사이를 가로지르는 육체적 유대 관계가 분명하게 드러났다. 아들은 만만치 않은 생활에 시달려서인지 얼굴 피부가 늘어지고 겉늙어 보였다.

박상철은 스스럼없이 대답했다.

그래. 절친한 사이였지.

아들은 남자가 여자에게 쓰기에는 거북한 절친한 사이라는 말에 다소 놀라는 눈치였다. 그러면서 그 말이 머지않아 죽음의 구렁텅이로 빠져들 기력이 쇠잔한 노인의 입에서 나와서 안도하는 기색이었다. 어머님이 초등학교 동창회 모임을 좋아한 거로 저도 압니다. 그랬을 거야. 아주 익숙한 얼굴이고 편안한 만남이니까. 박상철은 속으로 생각했다. 차현미가 동창 모임을 마지막으로 나온 게 언제였던가? 20여 년은 되었지 싶었다. 모임에 나오는 횟수가 줄어들다가 어느 순간에 발을 끊어버렸다. 그녀의 집안 살림이 비스듬히 기우는 시점과 대략 맞아떨어졌다고 기억한다. 그는 아들에게 의례적인 인사를 건넸다. 동창들이 많이 와야 하는데 이제 나이가 나이라서 말이지. 이미 세상을 버린 사람도 많고. 별말씀을요. 이렇게 찾아주셔서 정말 감사합니다.

어머님이 돌아가시기 전에 몸이 편찮았던 모양이지. 네. 건강하셨는데 뇌출혈이 갑자기 와서, 좀 누워 계시다가 떠났습니다. 급작스러운 뇌출혈이라. 아버지가 또 무슨 사고를 친 모양이야. 아들은 박상철의 말에 놀라며 황급히 대화가 번지는 것을 막았다. 아닙니다. 노인성 고혈압이 있었는데, 그만. 아들은 아버지에 관한 부정적인 말이 나오자 불편한지 박상철에게 술을 한잔 권하고는 일어섰다.

박상철은 벽에 등을 기대어 다리를 펴고 시간을 보냈다. 간간이 화장실을 다녀오면서 자리를 지켰다. 점차 자신의 자리 주위로 보이지 않는 장벽이라도 생긴 것처럼 사람들이 가까이 다가오지 않았다. 그는 자신 근처로 문상객이 없어도 개의치 않았다. 자신을 둘러싼 세상이 점점 녹아내려 한덩어리로 뭉친다는 인상을 평소에 자주 받았다. 어쩌면 그 자신이 의미 없는 존재로 녹아내리고 있는지도 몰랐다. 세상은 무채색으로 변해 화려한 색상의 차나 옷을 입은 사람이 지나가도 예사로웠다. 이 색깔이든 저 색이든, 이 음식이나 저 음식이나 아무런 차이가 없었다. 요새는 울음도 웃음도 나오지 않아 텔레비전의 출연자들이 폭소를 터뜨리면 왜 저 사람들이 야단스럽게 웃지, 따지면서 생각에 잠기곤 했다. 그에게 호기심이 없어지고 열정이 폭삭 삭아가면서 세상 전체가 하나의 거대한 콘크리트 덩어리로 변하는 것 같았다. 장례식장도 특대실이나 여기 112호실이나 유사했다. 그는 특대실에 앉아서 처음 보는 대부인의 영정을 마주하고서 이틀을 멀뚱히 버틸 수도 있을 것만 같았다. 적어도 차현미의 남편을 다시 볼 때까지는 그랬다.

이상한 일이었다. 혈기가 아직은 넉넉한 남편을 보자 그의 마음은 묘하게 꿈틀거렸다. 그게 정확하게 무엇인지 묘사하기는 어려웠지만 제대로 심장이 쿵쿵대며 뛰기 시작한 것 같았다. 그는 112호실의 자신이 확보한 자리에서 아침과 점심과 저녁까지 먹으면서 뭔가 달라진 기분을 느꼈다. 저녁 식사를 내오면서 자신을 노숙자 비슷하게 훑어보는 아주머니의 눈초리도 전혀 불쾌하지 않았다. 그는 밤이 깊어갈수록 홀연 활기가 더해짐을 느꼈다. 어제보다는 문상객이 늘었으나 그다지 많지는 않았다. 갑자기 차현미와의 40여 년 전 만남이 마치 몇 시간 전에 겪은 일처럼 생생하게 나타났다. 그는 스스로 떠올린 그녀의 뜨거운 숨소리를 느꼈다. 그는 벌떡 일어나 조문실 앞으로 달려가 영정을 들여다보았다. 갑작스레 움직이면 제대로 기능을 못하던 관절도 아프지 않아 그의 동작은 제법 빨랐다. 안에서 마침 상주와 맞절을 하던 조문객이 놀라서 박상철을 쳐다보았다. 그는 조문객의 시선을 받자 자신이 왜 영정을 보러 왔는지 순간적으로 어리둥절했다. 그러면서도 그가 거기에 서 있어야 할 뭔가 중대한 이유가 있었던 것처럼 생각되었다. 가까이 있으면서도 손에 닿지 않는, 함께 밤을 보내도 여전히 손에 닿지 않는 그 그리움의 실체가 무엇인지, 그는 차현미의 영정을 보며 생각했다. 적어도 그것이 있는 동안은 아직 늙을 수 없다고 그는 생각했다.

박상철은 다시 자리에 돌아와 벽에 등을 기댔다. 차현미와의 무시무시하게 뜨거웠던 밤이 너무나 생생하게 펼쳐졌다. 그녀는 암사자처럼 격정적으로 나신을 움직였다. 얼굴은 고혹적으로 빛났고, 땀에 젖은 젖가슴을 대담하게 앞으로 내밀었다. 그러면서 박상철의 귀에 아련한 외침이 들렸다. 그 소리는 작게 출발했다가 천둥처럼 귀를 때렸다. 죽이고 말 거야. 죽이겠어. 두 번의 외침은 메아리로 서로 엉켜 울렸다. 그는 극렬한 흥분에 침을 꿀꺽 삼키고 계시로 다가온 소리에 몸을 부르르 떨면서 응답했다.

차현미의 남편이 아들에게 말했다. 특대실은 사람들이 많네. 여기는 종일 죽치는 사람도 있고. 저 양반 문상은 했나? 누구…… 말씀인가요? 저기 구석에 앉은 지푸라기를 닮은 노인 말이야. 아뇨. 문상은 안 한 걸로…… 그럼 부조는? 부조도…… 그럼 대체 뭐야? 여기가 무슨 경로당이야!

남편이 성큼성큼 다가와서 박상철의 앞에 앉았다. 남편은 불쾌한 눈초리로 그를 훑어보고는 말했다. 안사람과 초등학교 동창이었다면서요? 동창이라면 나보다 연배가 삼 년은 적겠구먼. 하여튼 밤늦게까지 고맙소. 남편은 서슴없이 소주를 척 따더니 맥주잔에 콸콸 부었다. 박상철은 남편이 위세 좋게 권하는 맥주잔을 단숨에 들이켰다. 식도를 따라 속이 시원해지며 몸이 자유로워지는 기분이었다. 박상철이 그가 받은 것처럼 맥주잔에 소주를 가득 부어 내밀자 남편은 그의 거침없는 행동에 당황스러워하며 잔을 받았다.

아내를 잘 알았던 모양이오? 남편이 관심은 없지만 마땅한 화제가 없어서라는 무심한 투로 물었다. 박상철은 잠시 생각했다. 차현미를 잘 알았던가? 생각할수록 어려운 질문이었다. 어떤 때는 차현미의 내장까지 다 알아낸 것 같았고, 또 다른 만남에서는 침침하게 실체가 사라져 한바탕 지나가는 안개에 휩싸인 것도 같았다. 그런 날에는 한 인간이 다른 인간의 몸과 마음을 안다는 것은 영원히 불가능한 과제가 아닌가도 싶었다. 그런 생각 중에도 기억의 깊은 갈피에 뿌리를 내린 '죽이고야 말 거야'라는 차현미의 고음이 길게 메아리쳐 울렸다.

깊은 사이였죠.

박상철이 불쑥 내뱉었다. 딱히 그 말이었는지는 모르겠지만 유사하게 머리를 맴돌고 있는 말이었다. 그 말이 입 밖에 나오자 그는 마치 몇 년 전부터 걸머진 무거운 짐을 쾅 내려놓은 것처럼 몸이 가벼웠다.

남편은 입으로 가져가던 잔을 멈춘 채 아연한 표정이었다. 그는 자신의 귀에 들어온 말에 충격을 받아 자신이 들은 말이 맞는지 의심하는 얼굴로 바뀌었다. 그의 얼굴이 딱딱하게 굳어져 조금 전의 호쾌한 행세를 하던 사람과는 다른 사람으로 변했다. 그는 짐짓 의젓하게 재차 물었지만, 그의 목소리는 의심과 불안, 당혹감이 섞여 괴상하게 떨리고 있었다.

그게 도대체 무슨 말이오.

박상철은 자신과 차현미와의 만남을 이야기했다. 말이 너무 술술 흘러나와 자신도 믿기지 않았고, 표정이 굳어지거나 입술이 떨리지도 않았다. 그는 차현미의 애인이 분명했다. 그게 40여 년 전의 일이든, 10년 또는 몇 년 전의 일이든 아무런 관계가 없었다. 그는 자신의 말로 차현미와의 만남에 아름다운 포장을 덧씌웠고, 시간이 갈수록 그 만남은 로맨틱하고 우아하게 부풀어갔다. 박상철은 자신이 풀어내는 이야기를 통해 차현미의 오래된 연인이며 유일한 애인으로 등극했다. 그렇게 풀리는 이야기에 따르면 차현미에게 남편도 아들도 박상철의 뒷전이었다.

남편은 놀라움과 충격에서 마침내 정신을 차려 자세를 바로잡았다.

이 자식, 이거 미쳤구먼. 우리 집사람은 그런 사람이 아니야.

그는 자신의 말을 확신하기 위해 덧붙였다.

밥만 빌어먹었으면 됐지. 완전히 돌았어.

하지만 박상철은 그가 유일한 애인이었다는 꿈을 뺏기지도 않았고, 포기하지도 않았다. 그는 입을 벌려 길게 웃으며 말했다.

차현미의 함몰된 왼쪽 유두가 예뻤지. 작은 분화구처럼 말이야. 그는 순간적으로 그게 왼쪽 젖가슴인지 오른쪽이었는지 헷갈렸다. 그러나 그는 중지하고 않고, 차현미의 몸에 관한 진실을 고백해나갔다. 이미 늙고 추해진 그녀의 몸은 10개월 전에는 마비되었고, 자리에 누워 운신을 못했으며, 똥오줌을 받아내다가 이제는 차갑게 식어 냉동 서랍에 갇힌 헛된 존재였다. 그러나 그에게는 40여 년 전의 농익은 몸이 화려하게 부활해서 눈앞에 어른거렸다. 그녀의 몸의 곡선과 가슴의 점과 도톰한 귓밥이 막 칠을 끝낸 아크릴 유화처럼 선명했다. 그의 기억이 과연 진실한 것이었을까? 그는 과연 오래전 모습을 자세하고 정확하게 기억에 담아둔 것이었을까? 그러나 박상철에게 그가 말하는 육체의 모습이 영화의 한 장면이나 잡지의 한 페이지에서 들고 온 것이라고 해도 상관없었다. 그의 기억에서 되살아난 모습을 그가 진실이라고 믿으면 족할 뿐이었다.

박상철은 고개를 내밀어 남편의 귀에 가까이 대고 다소 비열하게 차현미의 육체에 관한 또 다른 사실을 속삭이듯 말했다. 그러나 그는 더 말을 잇지 못했다. 남편이 앉은 자리에서 박상철의 얼굴을 향해 주먹을 내질렀다. 앉은 자세였고, 몸의 균형이 잡히지 않은 앉은 자세였기에 주먹에는 힘과 속도가 실리지 않았다. 박상철은 예상한 것처럼 플라스틱 접시를 들어 태연하게 주먹을 막았다. 주먹에 맞아 플라스틱 접시가 획 날아가 저쪽 테이블로 떨어졌다.

첫 공격이 실패하자 남편은 제정신을 잃었다. 남편이 일어나서 박상철을 덮치려고 했다. 남편이 탁자 아래에 접은 다리를 갑자기 빼내자, 근육 경련이 생겼는지 인상을 쓰며 멈칫했다. 그러면서 앉은 채로 자기 앞에 놓인 먹이를, 81세의 노인이라고 믿기지 않는 순발력과 힘으로 후려잡았다. 그는 왼손으로 먹살을 잡고 오른손으로 박상철의 머리를 붙잡아 탁자에 내리쳤다. 머리에 숱이 없는 박상철의 머리를 꽉 쥐지 못하는 바람에 타격이 강렬하지는 않았다. 그러나 그 몇 번의 타격으로도 박상철의 이마가 깨지고 코피가 터져서 피범벅이었다. 억센 남자에게 먹살을 잡힌 박상철이 캑캑거리며 버둥댔다.

남편이 탁자를 뒤집었다. 땅콩과 오징어채와 소주병과 수육이 나뒹굴고 따놓은 맥주가 쏟아져 거품이 흥건했다. 넘어진 탁자에 허벅지를 눌린 박상철은 꼼짝을 못했다.

네 더러운 주둥이를 닥치게 하겠다.

다리를 빼낸 남편이 사정없이 박상철의 가슴과 얼굴로 주먹을 날렸다. 좌석에 앉은 사람들이 우르르 몰려들고, 조문실의 유족도 달려왔다. 그들은 절반쯤 미쳐서 날뛰는 남자를 제어하지 못했다. 그는 말리는 자기 아들을 밀쳤고, 며느리를 자빠뜨렸으며, 딸을 후려쳤다. 온통 시끄러운 가운데 더 이상의 참사를 막기 위해 문상객들과 친척들이 반쯤 죽은 박상철을 끌고 나갔다.

남편이 고래고래 지르는 죽여버리겠다는 단말마적 외침이 박상철의 귀에는 차현미가 첫 밤에 부르짖은 죽이겠다는 소리 위로 겹쳐 들렸다. 박상철이 끌려나가면서 입안에 고인 피를 남자의 옷에 휙 뿜어냈다. 폐가 터졌거나 갈빗대가 부러지면서 어딘가를 찌른 모양이었다. 부러진 이빨이 터진 볼 안에서 굴러다니다가 입 밖으로 튀어나왔다. 박상철의 피 세례로 옷에 붉은 무늬를 얼룩덜룩 새긴 남자는 영양을 잡는 사냥을 막 끝낸 표범 같았다.

그는 장례식장의 문간에 박상철을 내던진 다음에 주먹과 발로 마음껏 내리치고 짓밟고 싶었으나, 그의 온몸을 덮은 방

해꾼 때문에 몸이 더는 자유롭지 않았다. 남자는 박상철에게 계속 비루한 욕설을 해대고 있었다. 쓰러지고 몸이 접힌 박상철은 혼미해 보였다. 박상철은 뼈가 부러졌는지 이미 사지를 제대로 놀리지 못하는 상태였다. 그는 피칠갑이 된 얼굴에 웃음을 머금고 있어 피에로 가면을 쓴 것처럼 괴상한 모습이었다. 특대실에서 검은 양복에 검은 넥타이를 맨 문상객이 우르르 몰려나와 늙은이들의 싸움을 둘러쌌다. 그들은 진귀한 구경을 놓칠까 싶어 조바심이 나는 얼굴이었다. 장례식장 사무실에서 당직자가 나와 소동에 개입해 쓰러진 박상철을 부축했다. 박상철이 한쪽 다리로 일어서려다가 비명을 지르며 넘어갔다. 박상철은 그렇게 쓰러져 있으면서 저 아득한 어린 시절 갯바위에서 뛰어내렸던 그때를 떠올렸다. 그 눈부신 햇빛과 푸른 바닷물을.

남편이 욕설을 퍼부으며 조문실로 돌아왔다. 그는 숨이 진정되지 않아 시근대면서 누군가가 갖다준 젖은 수건으로 얼굴을 쓱쓱 닦았다. 그는 아직도 근육이 단단한 팔로 부조함에 수건을 던지고는 가져온 생수 한 병을 그 자리에서 다 마셔버렸다. 그러나 그 정도 물로는 그의 분노를 끄기에 부족한 것 같았다. 그의 자녀와 며느리, 사위가 그에게 목욕하고 옷을 갈아입도록 권했으나 그는 묵묵히 서서 발인 전날에 일어난 황당한 사건의 원인과 진행을 따져보았다. 그리고 자신을 우롱한 사건의 시발점을 찾아냈다. 왜소하고 몸을 떨면서 자신에게 두들겨 맞아 죽음을 향해 휘청휘청 걸어가는 늙은이는 하수인이나 조무래기에 불과했다. 그는 험악한 눈으로 영정을 노려보았다. 영정의 차현미는 평화로운 미소를 지으며 폭력의 현장과 남편의 굴욕을 즐기는 얼굴이었다. 그녀의 눈에 남편을 향한 경멸감이 듬뿍 담겨 있었다. 그는 영정의 한결같은 시선에 벌떡 일어나 향로를 잡아서 던져버리고, 술잔을 발로 차버렸다. 그가 바닥에 흐르는 술로 양말을 적신 채로 영정 주위의 국화를 뽑아내자 이번에도 자녀와 며느리, 사위가 달려들어 말렸다. 아버지, 아버님, 장인어른, 이러시면 안 됩니다. 미친 노인 말을 왜 마음에 담습니까! 참으십시오! 그러나 그는 놀라운 힘으로 이들을 뿌리치고는 영정을 붙잡아서 벽으로 던져버렸다. 영정이 부서지면서 차현미의 사진이 어설프게 바닥으로 흘러내렸다.

112호실 입구에서 널브러진 박상철의 귀에 남편이 소리소리 지르는 욕설이 들려왔다.

더러운 년. 개돼지만도 못한 년!

남편은 더 심한 욕설이 많지만 자식들 때문에 어쩔 수 없이 참는다는 얼굴로 숨을 골랐다.

에잇, 뒷구멍에서 남편이나 속이고.

꽉 쥔 주먹이 부르르 떨렸다. 살아 있기만 하면 흠씬 두들

겨주기를 원하는 주먹이었다. 그러나 그는 욕설과 함께 주먹
으로 제단을 꽝 내리치면서 만족할 수밖에 없었다. 그는 제단
을 올려다보며 모두에게 각인시키려는 듯 큰 소리로 다시 말
했다.

빌어먹을 더러운 년!

남편은 온몸을 덮친 불기운이 식어감을 느꼈다. 순식간에
자신의 키가 쑥 줄어들고 근육이 헐거워지고 볼품없는 몰골
로 주저앉은 것 같았다. 분노를 풀 마땅한 대상을 찾지 못한
남편은 힘을 내어 영정에 사나운 눈길을 다시 보내고는 찌그
러진 아내의 영정이 무척이나 유쾌한 표정임을 발견하고 놀
랐다. 남편은 캭 소리를 내며 목을 울려 영정을 향해 침을 찍
뱉었다.

멀리서 구급차의 사이렌 소리가 들렸다. 길게 끄는 사이렌
소리가 바닷가의 기절한 어린아이를 둘러싼 소란스러움으로
확대되어, 박상철의 귀에 쟁쟁하게 울려 퍼졌다. 박상철이 다
른 사람에게 안겨 장례식장을 떠나는 그때까지도 남편은 영
정을 향한 욕설을 멈추지 않았다.

타미카 레드

타미카는 바다로 길게 뻗은 언덕의 끝에 있었다. 그곳에서 마주 보이는 두 개의 섬으로도 유명한 식당은, 두 개의 섬을 따라 똑같은 디자인과 크기의 건물 두 동으로 나란히 서 있었다. 두 건물은 손님들의 혼동을 피하고자 외벽을 레드와 블루로 다르게 칠했고, 동쪽에 선 건물은 타미카 블루, 서쪽은 타미카 레드라고 불렀다. 예약한 손님들은 언덕에 들어서는 입구의 안내소에서 블루와 레드, 어느 쪽인지를 밝혀야 했고, 간혹 혼동하는 사람은 예약 번호와 장소를 다시 확인해야만 했다.

타미카의 안내소는 묘한 곳이었다. 언덕 입구에 우뚝 선 안내소를 통하지 않으면 타미카로 들어갈 수가 없었다. 식당 손님을 위한 안내용 시설이지만, 단단한 건물에 이중의 차단 시설이 내려져 있고, 여러 개의 감시 카메라에, 군 검문 시설에 있는 바리케이드까지 손님의 시선이 닿지 않는 뒤편에 숨어 있었다. 유심히 보면 도로의 바닥에 깔린 강철 톱니바퀴가 비상사태가 터지면 솟아나 차량을 가로막았다. 그래서 타미카에 처음 오는 사람은 정계나 재계의 인사나 신분을 감추고 싶어 하는 연예계의 사람들이 이용하는 비밀스러운 곳이 아닌가 하는 인상을 받을 수도 있었다. 그렇지는 않았다. 타미카는 예약 절차가 까다롭기는 하지만, 시민이면 누구나 이용할 수 있는 공개된 장소였다.

한기철은 타미카의 안내소에서 멈췄다. 안내소의 위압감을 지우기 위해서인지 미소를 띤 안내원이 상냥한 말씨로 예약한 장소와 시간을 확인했다. 차단 장치를 통과하자 옆자리의 유라가 오른쪽으로 펼쳐진 절경에 기분 좋은 웃음을 터뜨렸다. 그녀는 오랜만에 타미카에 오는 길이라 흥분에 싸여 있었다. 한기철이 유라와 같이 타미카에 들른 것이 3년 전이었다. 그녀는 자신이 기철을 처음 만난 타미카 블루의 인상을 자주 얘기하곤 했다. 유라가 타미카의 첫인상을 떠올리면 이상하게도 늘 하늘에 둥실 떠 있는, 뭐라고 표현하기 어려운 다양한 형태의 구름과 사냥꾼의 모자와 파도의 부서지는 거품과 같은 이미지와 연결되었다. 왜 그 느낌들이 타미카 블루와 나

란히 달라붙어 있을까? 당신은 아나요? 기철은 고개를 갸웃
했다. 글쎄, 모르겠는데. 유라가 말했다. 파도와 구름은 이해
가 돼요. 타미카는 바다에 붙어 있고, 하늘의 구름이 아름다
웠으니까. 그런데 왜 사냥꾼이 머리에서 사라지지 않을까요.
맑게 웃는 유라가 스스로 질문에 대한 답을 내놓았다. 그날
음식 재료가 사냥꾼이 잡은 짐승이었는지도 몰라요. 설마 그
럴 리가. 맞아요. 그렇지 않으면 왜 사냥꾼이 신기하게 기억
에 각인되어 있을까요? 유라는 타미카에 오고 싶어 했다. 어
쩌지 못하는 사정으로 3년이 지난 오늘에 와서야 타미카에 들
르게 된 것이었다. 한기철이 타미카에 가고 싶다는 유라의 요
청을 이런저런 핑계를 대며 미뤘기 때문이었다. 이제는 한기
철도 더 이상 타미카 방문을 늦출 수는 없었다. 유라의 요청
때문만은 아니었고, 타미카에서 더 이상 미루지 못할 용무도
처리해야만 했다.

유라를 처음 만난 곳은 타미카 블루의 프랑스 식당이었지
만, 한기철은 이번엔 서쪽에 있는 타미카 레드의 일식집을 예
약했다. 통유리로 시설된 엘리베이터가 바다의 전망을 즐기
도록 천천히 올라갔다. 바다 멀리서 배 한 척이 한가롭게 바
다를 가로질렀다. 건장한 웨이터가 예약 번호를 확인하고는
그들을 예약석으로 안내했다. 고급 카펫이 깔린 복도는 발소
리도 들리지 않았다. 그들은 티크 목재로 장식된 벽을 돌아

예약석에 앉았다. 테이블 세팅은 간결하고 담백했다. 가로로 놓인 젓가락 받침대와 긴 나무젓가락. 적갈색 냅킨, 비색이 감도는 간장 종지, 공을 들인 유리 물잔. 언덕의 휘어진 한 그루 홍송이 두 개의 섬을 안은 바다 옆으로 몸을 뻗었다. 바다를 향해 앉은 유라가 마주 앉은 한기철에게 나란히 앉자고 말했다. 저 좋은 풍광을 같이 즐겨요. 난 낙조를 그다지 즐기지 않아. 이대로가 좋은걸.

가이세키 요리의 첫 접시가 나왔다. 에도 시대 연회에서 술과 함께 식사를 즐기면서 유래한 고급 요리였다. 청매실 젤리에 붕장어 초밥, 마스카르포네를 올린 연두부, 그 옆으로 민어, 쥐치, 오징어, 참치 뱃살 부분의 회가 두 점씩 올라왔다. 음식은 하나하나가 단순하면서도 깊은 정성을 기울였다고 정평이 나 있었다.

새우를 넣어 버무린 닭고기 완자에 이어 홍고추와 함께 작은 등심구이가 나왔다. 된장과 달콤한 즙을 버무려 등심구이에 올린 소스는 고기에 깊이 스며들어 등심이 아니라 어떤 알지 못하는 조류의 가슴살 같은 맛을 냈다. 유라는 세번째 잔을 들었다. 한잔 들어요. 오늘따라 망설이네요. 유라가 한 잔을 겨우 마신 한기철에게 투정을 부리면서 말했다. 천천히 아껴 마셔야지. 유라가 유쾌한 웃음을 터뜨렸다. 많이 마셔야 해요. 오늘 당신이 취하면 물어보고 싶은 말이 있으니까요.

나를 청문회에 올려놓으시겠다? 깔깔, 청문회까지는 아니지만, 궁금한 게 많아요. 그녀는 술잔을 반쯤 기울이고 눈썹을 살짝 추켜올리며 미소를 지었다. 남자의 마음을 빼앗기 위해 정교하게 고르고 다듬은 웃음은 늘 완벽한 효과를 거뒀다.

웨이터가 들어와서 나직하게 말했다. 실례지만 지배인님이 잠깐 뵙자고 하십니다. 유라가 말했다. 지배인이 보자고 하다니. 당신 여기 단골인 모양이에요. 대체 누구랑 여기에 왔어요? 기철은 마음을 떠보는 유라의 난처한 질문에 알맞은 애매한 웃음을 띠면서 자리에서 일어났다. 널찍한 복도를 똑바로 지나서 오른쪽으로 꺾다가 그는 젊은 여성과 부딪쳤다. 보니 장미애였다. 예전에 같은 회사의 상사였던 그녀는 젊은 남자와 서 있었다. 어깨를 드러낸 그녀는 대담하게 남자의 허리에 팔을 감고, 몸을 기대고 있었다. 그가 처음 보는 남자는 장미애보다 훨씬 젊고 훤칠한 키에 마른 몸매였다. 장미애가 종전에 사귀었던 남자들은 어깨가 벌어지고 덩치가 큰 스타일이었다. 한기철이 속으로 생각했다. 사귀는 남자 취향이 바뀌었군. 그가 인사를 하자 장미애가 즐겁게 받았다. 난 오늘 2년 만에 왔는데 기철 씨는 3년 만이겠지? 기철은 깜짝 놀랐다. 타미카 레드는 한 번 들른 손님은 3년이 지나야만 예약을 받았다. 2년 만에 들르는 경우는 처음 보았다. 장미애가 그의 표정이 변하는 것을 보고는 대수롭지 않게 말했다. 돈이 많이

들어서 그렇지. 2년 만에 올 수도 있어. 장미애가 몸을 비스
듬히 돌리면서 그에게 말을 던졌다. 참, 여기 지배인을 잘 아
는데 기철 씨 문제로 고민이 많아. 쉽게 처리해. 간단한 문제
를 뭘 그렇게 복잡하게 꼬아.

한기철은 계산대 옆에 있는 지배인실을 찾았다. 지배인은
붉은 제복을 입고 창가에서 바다의 섬을 바라보고 있었다. 돌
풍이 부는지 나뭇잎들이 거세게 바람에 날리다가 가지에서
떨어져 어두워지는 하늘을 향해 올라갔다. 하늘로 솟구친 잎
들은 뿔뿔이 흩어져 몇몇은 가깝게, 몇몇은 멀리로 날았다.
웨이터가 진한 아쌈 차를 테이블에 내놓았다. 높은 수익을 자
랑하는 타미카의 지배인실 응접탁자는 검고 검어 오히려 흰
색이 감도는 흑단이었다. 지배인은 한기철을 충분히 설득 가
능하다고 믿는 묵직한 목소리로 말을 꺼냈다.

손님, 결정을 내리셨습니까?

2년 연장은 하지 않겠습니다.

그럼 오늘 반환하시는 거로.

아. 그래도 헤어질 때는 격식을 차려야 하지 않겠습니까.

무슨 말씀인지.

서로가 지낸 시간을 돌이켜보고 우리들의 감정을 되새기는
시간 말입니다.

손님. 사랑이 끝나면 깨끗하게 헤어지는 것이 최선이 아닐

까요?

지배인은 골치 아픈 손님 때문에 머리가 아픈지 손으로 관자놀이를 눌렀다.

저희 회사가 타미카 레드를 만든 건 뛰어난 풍경에 즐거운 식사를 나누는 밝은 엔딩을 꿈꾸었기 때문입니다. 그건 저희 회사가 좇는 기업 가치에 맞기도 하죠. 누구든 간에 진실을 말하면 결코 아름답지 않게 끝나요. 저희는 이미 여러 번 목격했습니다.

나와 같이 온 여인을 정말 사랑했습니다.

그러시다면 2년 연장을 권하고 싶습니다.

아시겠지만 난 첫번째 여인도, 두번째 여인도 3년으로 끝맺었습니다.

지배인은 타미카의 단골 고객인 한기철에게 머리를 숙여 감사를 표시하면서 말했다.

하지만 오늘로 약정한 3년 계약이 일주일이나 지난 점을 말씀드리지 않을 수가 없군요. 저희 타미카 레드에 오셨으니 즐거운 마무리를 하시기 바랍니다.

조용하게 끝을 내는 것이 최선이라는 생각인가요?

지배인이 한숨을 쉬었다. 저의 경험에 따르면 그래요. 인간이 사랑에 대해 알거나 경험하기가 무척 어렵다는 점을 말씀드리고 싶네요. 인간은 사랑과 쾌락과 욕망을 혼동하곤 합니다. 그 문제에 관한 과학적인 해결책은 사랑을 즐거움으로 바꾸는 것이라 저는 믿고 있고, 저희 회사의 방침이기도 해요. 그렇게 하면 적어도 큰 잘못은 저지르지 않으니까요.

한기철이 의미심장하게 웃었다. 인간은 어차피 끊임없이 잘못을 저지르는 동물이 아닌가요?

그렇습니다만, 저희는 후유증을 줄이려고 노력하는 것이죠.

한기철이 지배인과 악수를 하며 말했다.

오늘 안으로는 반납 절차를 끝내겠습니다. 걱정하지 마십시오.

감사합니다.

한기철이 좌석으로 돌아가자 지배인은 수석 웨이터를 불러 감시 카메라실로 들어갔다. 그는 벽을 차지한 식당 방들의 화면에서 한기철의 방을 골라서 화면을 키웠다. 유라가 따분한 표정으로 한기철을 기다리고 있었다. 지배인이 장치를 조작해서 장미애의 방을 띄워서 클로즈업했다. 남자와 장미애는 나란히 바다를 향해 앉아 있었다. 세번째 코스 요리가 끝난 직후였다. 장미애가 남자의 머리와 뺨을 쓰다듬었다. 그녀는 애절한 표정으로 자신의 기쁨을, 그를 만나면서 자신의 인생이 얼마나 광휘에 휩싸였는지를 말하고 있었다.

장미애가 건배하고 술잔을 비운 후에 남자의 귀에 입술을 갖다 댔다. 그녀는 밀어를 속삭이며 한 손을 남자의 목에, 다른 한 손은 허리에 감으면서 몸을 밀착시켰다. 남자의 몸이 그녀의 동작에 맞춰 팽팽해지고 경직되는 것처럼 보이자 지배인이 엄지손가락을 흔들며 신호를 보냈고, 수석 웨이터가 대기한 작업반원들에게 명령을 내렸다.

한기철이 객실로 들어서 지배인과 이야기가 길어져 미안하다며 자리에 앉았다. 괜찮아요. 지배인과 어떤 사이인지 말해주지 않을 거죠. 한기철 역시 모호한 웃음을 지으며 화제를 다음에 나올 음식으로 돌렸다. 얘기해주지 않아도 좋아요. 남자도 비밀이 조금 있으면 보기 좋아요. 비밀을 숨기고 있으면 무서울 것 같은데. 아, 그렇지 않아요. 신비로워 보이기도 해요. 희귀한 광물을 품고 있는 산처럼.

유라가 잠깐 실례, 하면서 일어났다. 그녀는 웨이터에게 화장실을 묻고는 그만 길을 잘못 들었다. 복도가 여러 갈래로 나뉘어 있어 길을 꺾으면서 다른 복도로 들어선 모양이었다. 그렇다 해도 화장실이 찾기 어려운 곳에 있을 것 같지는 않았다. 하필이면 복도에서 서비스하는 웨이터도 보이지 않았다. 두번째로 복도를 돌아들면서 유라는 아무래도 도로 돌아가야겠다고 생각했다. 타미카의 방은 모두 바다를 향해 배치되어 있으니 그녀는 그쪽을 따라 돌아야겠다고 마음먹었다. 복도가 갑자기 넓어지더니 커다란 엘리베이터가 나타났다. 엘리베이터의 문이 막 닫히는 중이었다. 엘리베이터 문 사이로 이동용 베드가 잠깐 보였다. 베드 위에는 긴 직사각형의 알루미늄 상자가 놓여 있었는데, 유라는 순간적으로 그 상자를 시신을 담은 관이라고 생각했다. 이상한 일이었다. 문이 닫히고 나서야 유라는 그게 관일 리가 없다고 생각했다. 식재료를 옮기는 상자임이 틀림없으리라. 그러나 유라가 본 이동용 베드는 아주 불쾌하고 으스스한 인상을 남겨, 그녀는 바로 발걸음을 돌렸다. 때마침 웨이터가 다가와 그녀를 화장실로 안내했다.

유라가 사케 잔을 들어 올리며 말했다. 캐비어를 정말 오랜만에 먹었네요. 첫 취업 기념으로 먹었던가. 하여튼 그다지 맛이 없었다는 기억밖에 남지 않았어요. 그런 게 왜 그렇게 비싼지.

유라가 이어서 한기철에게 말했다. 궁금한 걸 물어봐도 돼요? 그럼요. 뭐든지. 난 당신의 몇 번째 여자죠? 그런 질문을 갑자기 왜? 아, 꼭 알고 싶어서요. 사실대로 말해줄 거죠. 기철이 잠시 머뭇대더니 대답했다. 세번째 여인. 그래요? 생각보다는 순번이 빠르네요. 난 기철 씨가 인기가 좋아서 아주 뒤로 밀리지는 않나 걱정했거든요. 그녀는 유쾌하게 웃으면서 말했다. 첫번째는 첫사랑이니까 어떻게 이겨볼 수도 없을 거고요. 두번째 여인은 어떤 사람이었어요? 벼르고 벼른 음식과 아름다운 풍광에 어울리지 않는 소재 아닐까? 괜찮아요. 난 기철 씨가 어떤 스타일의 여자를 좋아하는지 늘 궁금했거든요. 당신을 만나려고 옷을 고를 때도 그랬고, 화장하면서도 어느 색조를 맘에 들어 할까 따져보았죠. 이건 과연 당신이 좋아하는 스타일일까? 어떤 때는 나의 선택이 미심쩍어 거울 앞에서 몇 번씩 갈아입기도 했죠. 당신은 그런 나의 노력을 알아채지 못한 것 같지만요.

한기철은 천천히 사케 잔을 기울였다. 그녀에게 두번째 여인의 진실을 말해주어야 할까? 그러면 유라가 세번째 여인인 이유도 밝혀진다. 어차피 그녀에게 세번째 여인의 진실을 말하면서 만남을 마무리하려고 작심하지 않았던가? 그렇다면 두번째 여인을 얘기하며 자연스럽게 그녀를 어떻게 만났는지 얘기해주면 되리라. 그리고 오늘 타미카 레드에서의 만남이 어떻게 끝날지도.

두번째 여인도 당신처럼 타미카 블루에서 만났지. 두번째 여인도? 그래. 으흥. 유라는 타미카 블루에서 두번째 여인을 만난 사실이 그다지 의아하지 않은 모양이었다. 타미카는 예약이 밀려 있기로 소문난 장소였다. 가격도 놀랍게 비싸 특별한 날과 만남을 위해서 마음 단단히 먹고 자리를 잡아야만 했다. 그녀는 두번째 여인에 대해 나올 이야기에 잔뜩 기대를 품고 귀를 기울이고 있었다.

한기철은 귀를 기울인 그녀를 유심히 바라보았다. 타미카 회사의 남녀 시리즈들은 자신의 존재에 의문을 품지 않는 것으로 널리 알려졌다. 그들은 인간과 로봇의 경계에 선 존재지만, 그들 자신을 인간으로 굳게 믿었고, 자신의 실체를 의심하지 않도록 프로그램되어 있었다.

두번째 여인은 W-505 시리즈였어. 유라가 고개를 갸우뚱하며 다시 물었다. 뭐였다고요?

타미카 사의 W 시리즈. 여자이지만 여자가 아닌. 반은 인간이고 반은 로봇인. 뭐라 할까? 아름다운 키메라라고 할까?

맙소사. 그럼 당신이 사랑한 여자가 사람이 아니었다는 말이야? 나는 그런 사람을 말로만 들어봤지 직접 만나지는 못했어.

절반은 로봇이지만 인간하고 거의 똑같아. 그는 두번째 여인을 만난 날을 떠올렸다. 타미카 블루의 프랑스 식당이었다. 두번째 여인은 데이트를 위해 고른 붉은 투피스를 입고 있었고 어깨까지 내려오는 머리는 웨이브가 져서 찰랑거렸다. 그는 1층의 응접실에서 그녀 옆에 앉아 지정된 암호를 처음으로 불렀다. 암호를 하나씩 입에 올리면 목이 타고 심장이 세차게 뛰었다. 빨간 비행기, 푸른 날개를 지닌 천사, 무인도의 등대, 그리고 잠깐 숨을 쉬고 다섯 개의 암호 숫자를 부르자 그녀는 눈을 뜨고 수줍게 말하며 일어났다. 뭘 그렇게 보고 있어요? 우린 타미카 블루에 식사를 하러 왔잖아요. 어서 올라가요. 그녀들의 기억의 원점은 타미카 블루의 식사와 경치였다. 그리고 타미카 레드에서 마지막 삶을 끝냈다. 그들의 일시적인 삶은 시작과 끝이 분명했다. 타미카의 아이들, '타소'로 불리는 그들은 언젠가 다시 타미카에 들어서는 꿈을 꾸었지만, 그들이 타미카 레드에 들어설 때는 3년 사용 기한의 마지막 날이었다. 타미카 블루에서 그들을 깨웠던 암호와 숫자를 거꾸로 부르면 그들은 가사 상태에 빠져들었다. 그들은 살아 있되 말벌에게 찔려 신경이 마비된 벌레와 같은 상태였다. 장미애는 그녀가 사귀었던 남자에게 사무적으로 암호를 불러주었을까? 아니면 더 이상 사용할 수 없음을 안타까워하며 다정하게 암호를 말했을까? 그녀는 자신의 재산을 타소에 쓰고 있었다. 최신 제품이 나오면 새로운 남자로 거리낌 없이 갈아타는 그녀는 타미카 사의 M-100 시리즈부터 600 시리즈까지 훤하게 꿰고 있었다. 그들 제품의 특성과 습관과 독특한 취미와 잠자리의 변화된 기술까지. 타미카 회사에서 그녀에게 M 시리즈의 개선점을 찾는 자문을 구한다는 소문까지 돌았다. 사랑은 탐험이야! 그녀가 자주 하는 말이었다. 그녀는 동시에 두 명의 타소와 살기도 했다. 약한 질투를 느끼도록 설계된 두번째 애인은 장미애의 첫번째 남자를 미워하고 시기하고 괴로워했다. 그는 장미애의 사랑을 독차지하려 무한에 가까운 노력을 기울였지만, 늘 실패였다. 혹시 조금 전에 만난 남자가 소문이 자자한 두번째 애인이었던가?

장미애의 암호 속삭임에 연인이 뻣뻣하게 굳으면 웨이터들이 쓰러진 그를 베드에 실어 1층의 대기실로 보냈다. 절반은 죽어버린 '타소', 그들을 재생하면 2년을 더 움직일 수 있었으나 장미애나 한기철은 어떤 경우에도 재생한 '타소'를 데려오지 않았다. 공장에서 갓 나온 시리즈의 최신품. 이제는 인간의 개성까지 갖춰 뒤통수를 열어 일련번호와 제조사의 마크를 확인하지 않으면 쉽게 구별조차 하기 어려운 '타소'. 내 사랑, 내 기쁨, 나의 짧은 로망. 개성을 지닌 절반의 노예. 자신이 프로그램된 줄 모르는, 설령 누가 비밀을 일러준다 해도 인정하지 못하는 존재. 한기철은 두번째 여인과 사용 종료 시점이 다가오기 한 달 전에 섬 여행을 떠났다. 남해의 섬을 몇 개나 돌았던가? 차를 여객선에 싣고, 여객선의 2층 난간에서 바닷바람을 쐬면 그녀는 고개를 기철의 어깨에 기대며 행복해했다. 가끔 검은 눈동자를 빛내며 이런 말을 하기도 했다. '나 이렇게 행복해도 되는 거야?' 그녀는 자신이 내뱉은 유치한 말에 스스로 놀라서 얼굴을 붉혔다. 아아. 종말을 향해 다가갈수록, 하루하루가 3년의 마지막 날짜를 향해 갈수록 그는 두번째 여인을 향한 사랑이 깊어짐을 느꼈다. 타미카 레드로 오는 마지막 날 아침에 그는 곤하게 잠든 두번째 여인의 머리를 매만지며 창조주의 고통을 느꼈다. 자신이 창조한, 자신이 끝없이 사랑한 인간에게 재앙과 죽음을 던지는 신의 외로움과 탄식을. 아담과 이브를 고역의 땅으로 내칠 때의 아픈 가슴을. 그는 두번째 여인을 보내고 일주일이 지나서 W-630 시리즈인 유라를 인수하기로 계약을 체결했지만, 인수를 한 달이나 미뤄야만 했다. 두번째 여인의 마지막 잔상이 그의 눈에 아른거려 견딜 수가 없었다. 그가 마지막 암호를 들려줄 때의 그녀 모습이 잊힐까? 당황스러움과 의문을 담은 눈을 동그랗게 뜬 채로 그녀는 베드에 실려갔다. 재생을 위해서 신경과 기억을 완전히는 죽이지 않는다고 들었다. 두번째 여인은 재생된 2년의 기간도 지나서 이제는 완전한 종말에 들어갔을 것이다.

기철은 한 달의 이별 산고를 겪은 후에 다음 시리즈인 유라를 얻었다. 그러면서 그는 이렇게 생각했다. 3년의 한시적 사랑. 어쩌면 이것이 가장 완전한 연애가 아닐까?

두번째 여인은 어디로 갔나요? 이봐요, 그녀 추억에 아예 빠져버렸네요. 기가 막혀서. 그렇게도 그녀가 좋았어요? 유라의 장난스러운 목소리에 한기철은 몽상에서 깨어났다. 기철이 유라를 바라보며 잠시 생각했다. 유라와 다녀온 하와이 여행이 마지막 이별 여행인 줄 그녀가 알까? 바다로 흘러가서 연기와 함께 굳어지는 마우이 화산의 용암에 지른 감탄의 탄성이 곧 끝장날 그녀의 삶에 대한 예언인 줄 알았을까?

질투 나요. 두번째 여인이 당신의 마음을 그렇게 휘어잡았다니. 아주 정신을 못 차리고 있네요.

유라는 기철의 대답이 없자 재차 물었다. 어디가 그렇게 좋았나요? 말해주세요.

헤어질 때 모습이 늘 가슴에 남아 있어.

홍. 여자를 차버리고 나서 안타까워하다니. 나쁜 바람둥이.

같이 있을 때 더 잘해주었어야 했다는 후회가 들기도 하고.

어휴, 그만해. 애인 앞에서 못하는 얘기가 없네.

당신이 먼저 물었잖아?

바보. 그렇게 물으면 두번째 여인은 실수로 잘못 만난 거야, 당신이 최고야, 왜 당신을 일찍 못 만났을까? 시간 낭비만 했잖아. 이렇게 말해야지. 타미카 레드에 왔는데 그런 말까지 가르쳐줘야 해. 오늘 당신 아무래도 이상한 것 같아.

연어 알밥이 나왔다. 유라가 기분이 상했는지 작은 그릇에 담긴 연어 알을 한꺼번에 밥그릇에 넣어 거칠게 비볐다. 신경질이 담긴 젓가락질에 주황색 연어 알이 한꺼번에 터졌다.

한기철은 묵묵히 알밥을 먹었다. 이제 가이세키가 끝나간다. 수제 과자와 녹차가 나오겠지. 바다는 검푸른 장막으로 변해 섬의 등대가 비추는 불빛이 어둠을 뚫고 바다로 깊게 퍼져나갔다. 흰 불빛 세 번에, 긴 붉은 불빛 하나. 타미카 블루에서 본 등대에서는 푸른 불빛이 지나갔던가? 등대의 신호 불빛이 바뀔 리는 없었다. 그런데 그의 머릿속에는 타미카 블루에서 본 등대의 푸른 불빛이 선명하게 남아 있었다. 그건 어디서 본 장면일까?

한기철은 잔광을 남기는 붉은 불빛을 보며 말했다. 당신에게 할 얘기가 있어. 두번째 여인 얘기는 절대로 하지 마세요. 이제 더는 못 참아. 절대로. 당신 이야기야. 그런데 두번째 여인과도 관련이야 있지. 어쨌든 두번째 여자 얘기를 꺼내면 난 나갈 거예요. 명심하세요. 농담이 아니라니까.

난 우리의 만남에 대해서 말할 거야. 그리고 우리의 사랑에 대해서도. 그는 침통한 자신의 목소리를 느끼자 서글퍼졌다. 모든 만남과 사랑의 끝을 장식하는 감정인 허무감이 그에게 먼저 닥쳤다. 유라는 그의 감정 변화를 눈치채고 불안한 목소리로 물었다. 도대체 무슨 이야기인데 그래요.

타미카 블루에 관한 얘기야. 우리가 처음 만난 곳. 그래서요? 난 당신을 2층 응접실에서 만났어. 당신은 1층에 포장된 채로 배달되어 왔고. 그리고 내가 당신을 동작하는 암호를 불러줘서 당신이 탄생한 거야. 오늘은 만난 지 3년하고도 7일째 되는 날이야.

유라는 어리둥절한 표정이었다. 도대체 무슨 말을 하는 거예요. 우린 타미카 블루에서 첫 데이트를 즐겼어요. 그곳이 워낙 인기 있는 자리라 몇 년에 겨우 한 번 들를 수가 있었지요. 그래서 나는 그날 무척 들떴고.

그날 타미카 블루에서 내가 당신을 인수했지. 타미카 블루는 타미카 회사의 물품 인수 장소야. 식당은 인수 업무를 원활하게 하기 위한 비싼 가림막에 불과하지.

유라가 쓴웃음을 지으며 그의 얘기를 비꼬았다.

내가 물품이었다는 말이죠. 고급에다 비싼.

당신을 물건이라고 말하는 건 아니야. 타미카 블루의 1층 용도가 그렇다는 말이야. 당신은 타소야. 타미카에서 제조한 W-630 시리즈야.

장난하지 말아요. 난 사람이에요. 공장에서 생산된 제품이 아니에요.

타소가 공장에서 제조되었지만, 단순한 제품은 아니야. 인간과 로봇의 경계선에 위치해서, 어쩌면 양쪽을 넘나드는 새로운 시대의 존재이지.

뭐라고 말하든 타소는 사고팔 수 있는 물건이죠. 하지만 난 타소가 아니에요. 두 달 전에 문짝에 손가락을 치였어. 피가 나고 병원에서 찍은 엑스레이 사진에 손가락 골절 모습이 분명했다니까. 난 한 달을 손가락 깁스를 하고 다녀야 했고. 그녀는 다쳤던 왼손 손가락을 기철의 코앞에 들어 올렸다.

난동을 부리지는 않았지만 그녀는 그의 말을 전혀 인정하지 않았고, 그와 논쟁을 벌일 태세였다. 한기철은 등에 흐르는 식은땀을 느끼며 지배인의 말을 떠올렸다. 쓸데없어요. 엔

조이는 끝났습니다. 그걸로 족하고 사랑의 문은 닫혀야만 합니다. 도대체 뭘 더 바랍니까? 기철은 뭘 더 기대한다기보다 덜 후회하고 싶었다. 기철은 두번째 여인에게 단 한마디 진실조차 전하지 못하고 무감각하게 암호를 불러준 일을 후회했다. 그녀는 죽지는 않았지만, 죽음과 가까운 상태로 떨어져 숱한 의문과 괴로움을 느끼며 사라졌다.

한기철은 그의 얼굴에 들이댄 유라의 손가락을 붙잡아 내렸다. 뼈와 장기가 복제되었을 뿐이야. 타소 제작 기술은 발전을 거듭해 시리즈를 한 단계 올릴수록 장기 복제 기술이 향상되어 마침내 간과 폐와 뼈를 복제했다. 타소의 목 아래는 인간과 다름없었다. 그는 두번째 여인과 유라를 생각하며 어떨 때는 인간과 타소의 경계가 어디에 놓여 있는지 의문이 갈 때도 있었다. 인간을 너무나 닮은 타소이기 때문에 타소의 제작과 배송은 엄격하고 완벽하게 규정을 지켜야 했다. 타소는 철저하게 관리되고 감독되어야 했다. 신분을 바꿔 인간의 세계로 들어오는 타소가 단 한 명도 있어서는 안 되었다. 그게 절경이면서 바다의 요새인 타미카 레드와 블루의 임무였다.

유라가 자신 있게 말했다. 왜 즐거운 식사 자리를 망치는지 모르겠어. 내가 타소가 아니라는 결정적인 증거가 있어. 난 미인이 아니고 몸매도 뛰어나지 않아. 내가 길을 걸어가도 뒤돌아보는 남자란 없어. 일 년 전에 처음으로 뒤돌아본 남자는 내게로 걸어와서 시청으로 가는 길을 물었지. 타미카 사는 왜 거액을 들여 평범한 여자를 만들었을까? 그리고 남자란 모두 눈이 번쩍 뜨일 미모에 멋진 몸매를 원하지 않나요?

한기철은 점점 늪에 빠져들어가는 느낌이었다. 늪으로 빨려 들어가지 않는다고 자신한 것이 오산일지도 모른다. 그녀가 타소임을 밝히기는 지난한 일이었다. 그녀의 뒤통수를 손도끼로 내리쳐서 제조사와 번호가 새겨진 두개골 조각을 꺼내야만 확인될 일인가. 기철은 그녀가 타소임을 밝히면 유라가 울고 눈물을 흘리며 괴로워할 줄 알았다. 이상한 일이었다. 그녀는 담담하고 단호하게 자신이 타소임을 증명해보라며 요구하고 나섰다. 갑자기 기철은 짜증이 솟구치며 그녀를 타미카 블루의 1층으로 끌고 가서 판매 대장에 올린 그녀의 제조 명세서를 보여주고 싶은 욕구가 터져 나왔다. 그는 욕구를 가까스로 누르며 소득과 결말이 보이지 않는 논쟁으로 이끌렸다.

유라가 한숨을 쉬었다. 어차피 오늘이 우리의 마지막 날이 되겠네요. 당신은 이렇게 연인을 모욕하면서 이별을 해야만 해요? 그게 타미카 레드에 데리고 온 당신의 목적인가요? 왜 추악하고 뻔뻔스러운 말로 마지막을 장식하려고 하나요? 설령 내가 타소라고 하더라도 마지막까지 예의와 환상을 지켜줄 수도 있는 것 아닌가요?

웨이터가 문을 두드렸다. 그는 가이세키의 마지막인 녹차를 가져왔다. 유라가 독한 술 한 병을 주문했다. 웨이터가 곤혹스럽게 말했다. 저희 영업이 끝났기 때문에 안주로 드실 만한 요리가 없습니다만. 괜찮아요. 그냥 술만 마실 테니까. 웨이터가 주방장에게 부탁해서 간단한 안주를 가져오겠다고 말했다. 무리하지는 마세요. 안주가 없어도 좋아요. 지금 지독한 말을 마음껏 듣고 있으니까요.

웨이터가 나가자 유라가 한기철에게 신중하게 물었다.

당신은 날 사랑했나요?

유라의 목소리는 진지했으나 그녀의 시선은 멍하니 바다를 향해 있었다. 한기철은 고개를 돌려 창 너머의 바다를 바라보았다. 조명을 받은 나무에 얼룩덜룩한 무늬가 생겨 기괴하게 보였다. 나무의 얽힌 가지가 거대한 벌레로도 변했고, 그들을 향해 달려드는 괴물로도 바뀌었다. 바다는 검은 어둠으로 덮였고, 멀리 수평선 끝에서 번쩍이는 선박의 불빛이 그곳이 바다임을 나타냈다. 등대는 굳건하게 흰 불빛과 붉은 불빛을 교대로 발신하며 자신을 믿으면 적어도 난파는 없으리라는 메시지를 뿌리고 있었다. 하지만 난파는 등대의 소관이 아니었다. 등대가 있다고 해서 바다에서 난파가 사라지지는 않았다. 운명과 우연은 합작해서 손을 제멋대로 놀려 난파할 선박을 골라냈다. 타소와 사랑을 벌이면 종착지는 어차피 난파였다.

사랑했지. 지금은 침몰하고 있지만.

당신도 사랑이 번식과 쾌락이 부리는 위장된 술수라고 생각해요?

한기철은 지배인의 말을 들을걸, 하며 후회했다. 지나가버린 사랑의 양과 질을 점검하고 측정하는 한심하고 치명적인 이별이라니. 정답도 없고 질문자도 자신이 뭘 묻는지 제대로 모르는 퀴즈였다. 그는 우울해지며 자신이 난파선의 갑판에서 안간힘을 쓰며 난간을 붙잡고 있는 것처럼 느껴졌다.

한기철은 유라를 두고 고민하던 마음이 갑자기 시시하게 느껴졌다. 그는 오늘 저녁 타미카 레드를 별 탈 없이 떠나서 아파트로 돌아가 혼자서 시원한 맥주를 들이켜고 싶었다.

그는 유라를 향한 마음이 재빠르게 식어가는 것을 알아채고 스스로도 놀랐다. 지배인이 옳았다. 이별의 의식은 단순하고 쿨하고 미래를 향한 아무런 기대 없이 과거를 아름답게 채색하면 족했다. 한기철은 왜 유라에게 타소에 관한 진실을 알려주며 이별을 마치려고 했을까? 죄책감 때문에? 기철의 마음 어딘가에 자신도 모르게 자리 잡은, 사랑의 가죽을 덮어쓴 3년짜리 사용 가능한 물건이라는 인상을 없애기 위해서? 곧 맞이할 네번째 여인을 기다리는 설렘을 감추기 위해서? 아닌 게 아니라 한기철은 W-700 시리즈가 궁금했다. 타미카 블루 1층에서의 타소 쇼핑은 흥겹고 즐거웠다. 그는 네번째 여인이 될 후보군들을 생각하며 가끔 잠에서 깨기도 했다. 유라의 잠든 모습을 쳐다보며 네번째 여인을 상상하는 건 다소 죄책감이 섞인 즐거움이었다. 이번은 늘씬한 키에 볼륨 있는 몸매를 지닌 섹시한 여자를 구할까 생각 중이었다. 길을 걸어가면 남자들이 뒤를 돌아보게 하는 여자. 기철은 그런 타소를 천박하고 겉만 화려한 싸구려로 여겨 경시했지만, 지금은 생각이 달랐다. 인생은 어차피 한 번뿐이지 않은가? 그러니까 이번에는 우월한 키에 글래머 여자로.

한기철이 유라의 암호를 떠올렸다. 파도가 분 휘파람, 사냥꾼이 잡은 구름, 밤의 이마, 그리고 8로 시작하는 다섯 개의 숫자. 사케로 마지막 잔을 건배하고 그녀에게 암호를 속삭인 후에 지배인에게 넘겨줘야겠다. 그는 마음을 굳혔다.

타소 이야기는 어떻게 되었나요? 유라가 끈질기게 물었다.

내가 타소라는 말을 했죠? 근거를 대봐요.

한기철이 유라에게 말했다.

고향이 기억나? 물론이죠. 집에서 멀지 않은 곳에 얕은 강이 흘렀죠. 둑의 정자에는 노인들이 봄부터 가을까지 장기와 바둑을 두면서 쉬었고. 여름의 정자는 바람이 어찌나 시원한지 마루에 누워서 잠이 들 때도 있었지요.

심어진 기억이라니까. 당신의 고향은 타미카 블루의 1층이야. 공장에서 배송되어 주문자가 암호를 불러주면 깨어나지.

타미카 블루는 태어난 고향으로 기억에 각인되어 여기를 그리워하고, 이곳에 오기만 하면 마음이 설레지.

거짓말이야.

거짓말 아니야. 내가 당신을 깊이 사랑했던 것처럼.

유라가 공허한 웃음을 터뜨렸다. 지금 그러고도 사랑이란 말이 입 밖에 나와요? 그녀는 경멸이 담긴 눈초리로 그를 바라보았다.

한기철은 생각했다. 고상하고 아름다운 매듭은 글렀지만 W-600 시리즈는 정말 잘 만들었군. 인간 여자도 표현하기 어려운 감정을 담아낸 저 혐오하는 눈초리라니. 그러면서 기철은 슬슬 유라가 귀찮고 미워지기 시작했다. 그녀가 울음을 터뜨리면서 자신에게 주어진 운명에 굴복하는 모습을 보였다면 그의 사랑은 자비와 동정을 담아 굳건해졌으리라. 두번째 여인처럼. 그녀의 마지막은 늘 아련한 달콤함과 세번째 여인을 위해 속죄양으로 바쳤다는 미안함으로 이어졌다. 두번째 여인에게 무덤이 있었다면 그는 그녀가 죽은 날에 찾아가서 꽃을 바쳤으리라. 그러나 네번째 여인을 향한 그의 진로를 막아서는 세번째 여인의 앙탈과 적대감은 더 이상 봐주기 어려웠다. 그는 그녀를 파괴하고 모욕하고 싶었다.

내가 당신에게 암호를 불러주면 당신은 동작을 그만두고 뻣뻣해져. 의식은 살아 있어 주위의 말은 들린다는군. 그리고 재생 공장에 가면 2년은 더 쓸 수 있어. 나에 대한 기억은 깡그리 잊고 말이야. 그는 유라의 화가 난 시선을 바로 쳐다보면서 덧붙였다. 그러니까 너는 기계 창녀야.

그녀가 더는 동요하지 않았다.

당신은 죽기는 하지만 그 마지막 날짜를 모르는 인간이고, 난 5년의 한시적 삶을 사는 기계란 말이네요.

이제야 말을 알아듣는군. 당신에게 생명의 입김을 불어넣고 숨을 거두는 사람은 나야. 창조주까지는 아니지만 대천사급이지.

고맙기도 하셔라. 기계 창녀에게 그토록 관심을 보여주다니. 난 이상적인 연인이었네. 창녀 이상이면서 아내 미만인 연인이었으니까. 남자들이 창녀를 닮은 연인을 최고로 친다던데. 난 그 역할을 충분히 잘했나요?

나쁘지는 않았지. 그런 이야기는 더 하고 싶지 않아.

그 대가가 고작 재활용품으로 갖다 버리는 거라니. 부끄럽지도 않나요?

그는 바다를 물끄러미 바라보았다. 창밖의 바다는 검고 칙칙했다. 등대가 비상등의 붉은 불빛을 쏘면서 자기 뜻대로 바다를 장악하려 애쓰고 있었다. 등대의 헛된 욕심이었다.

당신하고 헤어질 때가 되었어.

당신이 암호를 부르도록 순순히 기다리지 않을 거야.

여기를 도망간다고? 타미카는 요새야. 도망은 불가능해.

그렇겠죠. 지배인이 감시 카메라를 통해 여기를 지켜보고 있을 테니까. 우리 대화도 모두 듣고 있겠고.

한기철은 옳다며 속으로 말했다. 그렇지. 이제 감을 잘 잡는데. 타미카 블루와 레드는 감시 카메라와 경비원으로 가득 찼으니까.

유라는 흥미로운 표정으로 한기철을 바라보며 말을 이었다. 이제 마지막이니 못할 말이 없겠네. 우리 집에 감시 카메라가 설치된 사실을 알았어?

한기철이 놀라서 유라를 바라보았다. 이 여자가 갑자기 무슨 소리를 하는 거지? 우리 집에 감시 카메라가 있었다니?

난 침실까지 카메라가 들어오는 건 반대했어. 우리의 은밀한 장면을 다른 누군가가 엿보는 건 막고 싶었고. 하지만 예외는 없었고, 그들은 내게 높은 수당을 지급해서 해결했었지.

한기철은 혼란에 빠졌다. 그들이 감시 카메라를 설치했고, 유라가 그 사실을 알았다?

당신이 무슨 말을 하는지 통 이해가 되지 않아. 유라, 당신이 제정신이 아닌 것 같아. 미안해. 내가 충격적인 소리를 계속 떠들었으니까. 이제 끝내자.

어차피 오늘 끝나게 되어 있어. 난 오늘 당신을 끝내야 해요. 타미카 사에서 내린 지시에 따라야 하니까.

도대체 그게 무슨 소리야. 당신이 나를 끝낸다니.

난 타미카 사의 프로젝트 계약직 직원이에요. 3년이니까 길긴 하지요. 이번 프로젝트가 끝나면 정규직 직원으로 발령 나니까 기대하고 있어요. 당신은, 음, 타미카 사의 M-750 시리즈의 시제품이에요. 최신 실험용 제품이죠. 자신이 인간이고 인간으로서 타소와 산다고 착각하는 타소. 당신의 고향은 여기 타미카 블루예요.

내가 타소라고?

그래요.

미쳤군.

맞아. 우리 모두는 미쳤는지도 몰라. 사랑은 원래 사람을 미치게 만들지 않나요.

그녀가 타미카 사는 타소를 고급용과 보급용으로 나눠서 개발하고 있다고 말했다. M-750 시리즈는 아직 90퍼센트에 불과한 타소의 인간 유사성을 95퍼센트에 가깝게 하려는 타미카 사의 의욕에 찬 제품이었다. 그는 M-750 시리즈의 고급 시제품으로, 시제품에 적당한 여러 심리적이고 육체적인 실험들이 진행되었는데, 오늘이 그 실험의 마지막 날이었다.

그러니까 당신은 마지막 순간까지 인간으로서 타소를 보살핀다는 의식에 젖어 있어. 그걸 부인하는 건 꿈도 꾸지 못해요. 당신의 정체성이니까. 당신은 진정한 남자로서의 의식을 지난 제품의 첫 출발선에 서 있어.

한기철은 놀란 입을 다물며 유라의 신경 회로가 심각하게 고장 난 것 같다고 생각했다. 충격을 받아서 제멋대로 말을 지어내고 있었다. 그러나 한편으로 무시무시한 전율이 내장과 폐를 채우고 목을 따라 계속 올라왔다.

어쨌든 좋아요. 당신이 마지막까지 그렇게 부인하는 모습이 훌륭해. 그게 당신의 장점이고, 내가 프로젝트를 잘 진행했다는 증거이기도 하니까. 난 매일 당신에 관해 타미카 사의 개발부에 보고를 해왔어요. 내가 일기를 쓴 이유이기도 하죠. 당신이 보이는 반응은 모두 당신의 신경 회로에 기억돼서 연구원들이 분석할 거야. 오늘은 분노와 실망 반응이 많네.

유라가 일어나서 한기철의 자리로 건너와서 옆자리에 앉았다. 그녀는 손을 뻗어 그의 얼굴을 만졌다. 불쌍한 사람. 이거 왜 이래. 저리 떨어져. 난 타소가 아니야. 타소는 당신이야. 한기철은 가중되는 불안감을 안은 채로 몸을 떨며 고함을 질렀다. 그는 그 불안감이 사실일까봐, 가능성이 커질까봐 더욱 불안했다. 가슴을 올라온 전율이 목을 채우고 가득 부풀어 긴 비명으로 터져 나올까 두려웠다.

한기철, 당신과 내가 같이 산 기간을 3년으로 알겠지만 1년이야. 비록 당신의 기억이 지워졌지만, 나머지 2년은 다른 여자와 살았어. 다른 여자들은 당신과 뭘 하며 지냈을까. 당신은 그 여자들과 어떻게 지냈을까.

도저히 믿을 수가 없군. 여기를 나가겠어.

당신은 타미카 레드를 나갈 수 없어. 여긴 요새야. 슬퍼하지 말아요. 당신은 많은 여자에게 도움이 될 데이터를 남겼어. 당신은 정신적으로나 육체적으로 대단한 남자예요. 당신과 함께 나눴던 뜨거운 밤을 어떻게 잊을 수 있을까. 당신의 경험을 토대로 만들어지는 M-750 시리즈는 많은 여자를 기쁘게 할 거예요. 어쩌면 당신의 몸은 타미카의 개발 연구소에 전시될지도 모르죠. 전설적인 연구 성과를 올린 남성의 표본으로.

유라는 한기철과 나란히 앉아 웃으면서 그의 얼굴을 바라보았다.

아직도 내 말이 믿기지 않는 모양이네. 당신은 사랑을 믿어? 사랑은 원래 이런 거야. 사랑은 서로를 견디는 거야. 나는 당신을 견뎠고, 당신은 오늘까지 나를 견뎠어. 우리는 오늘 이 지점까지 훌륭하게 견뎠어. 이제 마침표만 남았지. 그럼 우리 서로의 사랑을 확인할 암호를 불러볼까. 사랑의 마지막은 비루하니까 마지막을 달콤한 말 대신에 단어를 부르는 거로 끝낼 수도 있겠지. 당신에게 걸려 있는 암호는 파도가 분 휘파람, 사냥꾼이 잡은 구름, 밤의 이마와 연속하는 다섯 숫자야.

유라가 한기철의 옆으로 바싹 다가앉아서 귀에 속삭였다. 우리 동시에 암호를 불러봐. 연인을 달구는 달콤한 밀어는 아니지만 어쩌겠어. 자, 내 눈을 똑바로 보고 셋을 헤아리면 동시에 외쳐. 하나, 둘.*

---

* 상대방에게 설정된 암호를 말하는 모습은 영화 「A.I.」 (스티븐 스필버그 감독)의 한 장면에서 차용했습니다.

존슨 기억
판매 회사

염 본부장은 택시에서 곧 방문할 회사를 떠올렸다. D증권 회사의 리서치 본부장인 그는 존슨 기억 판매 회사라는 특이한 이름의 회사를 찾으면서 다소 흥분한 상태였다. 차갑고 냉정하기로 소문난 그로서는 유별난 일이었다. 그가 회사를 탐방하면서 파고들어야 할 자료를 놓치거나 회사의 약점을 찌르지 못해 후회한 일은 없었다. 그러나 괴상한 비즈니스 모델을 지닌 존슨 회사에 그가 익혀둔 노하우가 제대로 먹힐지는 장담하기 어려웠다. 그는 아침에 존슨 회사의 상품으로 포장되어 팔린 K양 기사가 여러 꼭지로 실린 신문을 보다가 던지고 말았다. 그가 보기에 언론은 존슨 회사의 작전에 놀아나면서 광고비 한푼 받지 않고 자발적으로 존슨 회사와 K양을 홍보하고 있었다.

로비 입구에서 고주성 이사가 염 본부장을 기다리고 있었다. 존슨 기억 판매 한국 회사의 로비는 빨강과 노랑, 파랑, 보라의 원색을 입은 기하하적인 디자인으로 차 있어 장난감 회사처럼 현란했다. 검은색 원을 흰 선이 번개처럼 지나가는 그림은 어지럽기까지 했다. 그는 플라스틱에다 원색을 칠한 사람 모양의 설치 작품을 바라보며 마음을 가다듬었다. 숨을 길게 쉬며 호흡을 조절해도 심장이 두근거렸다. 곧 만날 손님을 생각하면 언제나 땀이 손바닥에 배어났다. 손수건을 꺼내 손을 닦으면서 그는 신중하게 출입문을 쳐다보았다. 증권 회사에서 리서치 보고서를 내는 염 본부장은 많은 부실 회사를 주식 시장에서 쫓아내버려 암살자라고 불렸다. 그는 썩는 냄새를 맡으면, 냄새의 근원을 추적해서 인정사정없이 썩은 부위를 들춰내고는 상처가 가벼운지, 심한지, 회복이 가능한지를 따지며 회사가 내지르는 비명에도 아랑곳없이 상처를 파내고 손가락을 깊숙이 쑤셔 넣었다. 그가 감수한 분석 보고서에는 매출액과 영업 이익과 당기 순이익의 이면을 파헤친 찬바람이 예사로 몰아쳤다. 염 본부장이 고개를 저은 회사가 억울하다며 외쳐도 기관 투자가나 개인들 모두 거들떠보지 않았다. 그가 찍은 낙인을 달고 상장 회사로 살아가기란 암 병동으로 가는 길처럼 힘겹고 애처로웠다.

고 이사는 로비로 들어서는 염 본부장에게 절도 있게 손을 내밀었다. D증권 회사의 리서치 본부장을 모시다니 영광입니다. 뼈마디가 불거진 염 본부장의 메마른 손은 차가웠다.

방문을 허락해주셔서 감사합니다. 현장 탐방은 제 업무이자 즐거움이기도 합니다. 오늘 존슨 기억 판매 회사에 온 것은 수베노스라 했던가요, 하여튼 그 제품을 구체적으로 확인하고 싶어서입니다. 개인의 기억을 영상으로 전환한다는 발상 자체가 놀라운 아이템으로 획기적인 첨단 제품이라고 생각합니다. 하긴 오랫동안 인간은 그런 꿈을 꿨지요. 그게 현실화되었다니 이건 문명적 사건이 아닌가 합니다.

예, 저희도 그런 자부심으로 제품 개발에 혼신을 다하고 있습니다. 본부장님도 탐방에 실망하시지 않을 겁니다.

고 이사가 염 본부장을 검색대로 안내했다. 로비에서 홍보실로 올라가는 검색 과정은 성가셨다. 이중으로 설치된 검색대에서 카메라와 녹음기, 스마트폰은 안으로 가져갈 수 없었고 국제공항처럼 허리띠까지 풀고 검색대를 통과해야만 했다. 검색대의 여직원은 미소를 지으면서도 경보음이 그칠 때까지 염 본부장을 세 번이나 검색대로 돌려보냈다. 그곳을 통과하자 엑스선 전신 촬영이 시작되었다. 검색을 마친 염 본부장에게 허용된 물건은 수첩과 볼펜뿐이었다.

불쾌하시더라도 양해 부탁드립니다. 우리 회사에 출입하려면 겪어야 하는 숙명이지요. 저희 직원들도 하루에 몇 번씩이나 검색대를 통과해야 하는 형편입니다.

괜찮습니다. 회사의 보안 시스템은 업계에서 정평이 나 있더군요.

고 이사는 엘리베이터로 걸어가면서 말했다. 이해해주시니 감사합니다. 로비에서 얼굴이 뻘게져서 항의하는 분들이 가끔 계십니다. 그럼 저희도 몸 둘 바를 모르지요. 보안 부서는 자신들 덕분에 회사가 무사하다는 자부심에 찬 인간들로 채워져 있습니다. 보안 시스템을 운영하는 부서와 저희 부서는 별개로 운영되는 데다, 그쪽 성질이 보통이 아니라서 검색을 완화하자는 말을 꺼냈다가는 잡아먹을 듯이 으르렁대지요.

염 본부장은 손을 들어 알았다는 표시를 했다. 앞으로 숙인 그의 몸은 옆으로도 기울어져 걸음걸이가 어딘지 균형이 맞지 않았다. 그의 작고 가는 눈은 강렬한 눈빛으로 빈틈없이 주위를 살폈다. 정면으로 그 눈빛을 받는다면 샅샅이 훑는 눈초리에 벌거벗겨진다는 불쾌한 느낌이 들 것이다. 홍보 부서가 있는 7층에서 내리자 복도에 간이 검색대가 또 나타났다. 복도를 지나서 고 이사가 사무실 출입문의 비밀번호를 누르고 눈동자를 인식시킨 다음에야 문이 열렸다.

회의실은 그들이 스쳐 지나온 로비만큼이나 어지러운 배치였다. 연두색의 타원형 탁자를 중심으로 초록, 노랑, 빨강 원

저 체어가 놓였고, 보라와 초록의 스툴이 여러 개 섞여 있었다. 탁자 한쪽에 주황색의 높은 등받이를 붙인 감청색 소파가 원색의 의자 사이에서 자신을 부각시켰고, 천장에 매달린 반원형 전등 중앙에는 바닥을 향해 뛰어내리는 자세의 토끼가 거꾸로 붙어 있었다.

창의적인 아이디어를 생산하기 좋은 회의실이군요. 염 본부장의 다소 빈정대는 어조에 고 이사가 넌덜머리가 난다며 대답했다. 여기에 오래 앉아 있으면 설계한 디자이너를 후려치고 싶어집니다. 토끼야 그렇다 하더라도, 왜 전등에 거꾸로 매달았는지······

고 이사가 염 본부장에게 빨강 윈저 체어를 권하자 그는 의자에 앉으면서 무심하게 말했다.

이번에 발매한 배우 K양의 작품은 연예계 톱뉴스를 차지했더군요.

시작이군. 고 이사는 마음을 가다듬었다. 별일 아니라는 투로 질문을 시작해서 차근차근 골수까지 파고 들어가는 스타일로 소문난 염 본부장은 일상적인 질문에도 계산된 칼날을 감춰놓았다. 고 이사는 자신이 K양의 작품을 제작한 것처럼 감개무량한 표정으로 대답했다. 그렇습니다. 인기 절정의 톱 탤런트가 추억 재생 작품을 만든다니 놀라운 일입니다. 지금까지는 경력이 조금 기울어진 스타가 작품을 제작했지요.

고 이사는 본부장에게 제공하는 정보를 어디에서 끊을까 마음속으로 점검하면서 말을 이었다. 1개 판본만 제작해서 100억 원에 팔렸지요. 저희 회사에서는 구입자의 신분을 공개하지는 않지만 본부장님에게는 말씀드리죠. J그룹의 장 회장이 구매했습니다. 몇몇 고객이 추가 판본을 만들자며 연락했으나 거절했습니다. 계약서에 딱 한 개만 만들도록 명시되었으니까요. 추가 제작이 가능하다는 옵션도 없었지요.

스타가 녹화한 추억 재생 상품은 17층의 VIP용 제작실에서 만들어졌다. 추억 재생 작품에는 고도의 기술력과 첨단 장비가 들어가지만, 작품을 만드는 스타는 존슨 기억 판매 회사가 특허를 낸 특수 헬멧을 쓰고 편안하게 추억을 회상하면 될 뿐이다. 그러면 헬멧의 저장 장치에 영상으로 기록되어서 암호화되었다. 작품을 구매한 고객이 헬멧을 쓰고 암호를 입력하면 녹화한 영상을 볼 수 있었다. 기억 저장 장치를 개발한 존슨 박사는 영상물에 옛 프랑스어로 추억이라는 뜻인 수베노스라는 이름을 붙였다. 소리와 색감과 배경이 녹화하는 사람이 회상한 그대로라고 알려졌다. 언론은 인간의 뇌파를 영상 신호로 바꿔서 저장하고 재생하는 꿈같은 이야기를 실현에 옮겨 스타와 얽힌 이야깃거리를 무진장 제공하는 존슨 박사를 증기 기관이나 비행기를 개발한 사람과 동급으로 띄웠다.

염 본부장은 미소를 띤 얼굴로 귀를 기울였다. 입가가 살짝 올라간 그의 미소에는 어딘지 당신의 말이 어디까지 맞는지 살살이 살피겠다는 결의가 깔린 듯 보였다.

뭐든지 물어보십시오. 염 본부장님. 저희 회사는 본부장님의 어떤 질문에도 대답할 준비가 되었습니다. 본부장님이 D증권 회사에 낸 내부 보고서에 저희 회사에 대해 '주의' 의견을 붙였다고 들었습니다. 저희는 신경을 바짝 세우고 있습니다. 증권 관련 업계에서 '주의'는 주식을 매도하라는 신호로 읽히니까요. 엔터테인먼트 업종에서 저희 회사와 TB 회사만이 '주의' 판정을 받은 것으로 알고 있습니다. TB 회사야 분기마다 악화된 실적을 내놓고 있으니 당연하지만, 저희는 승승장구하고 있지 않습니까?

저희 내부 정보에도 밝으시군요.

이해해주십시오. D증권 회사의 리서치 보고서는 명성이 자자하니까요. 제 개인적으로도 관심이 많고요. 제 스톡옵션 주식은 기한이 석 달 남았거든요.

스톡옵션이라, 부자시군요.

부자라니요. 현금으로 쥐기 전에는 한낱 종이에 불과합니다. 그런데 혹시 기관 투자가에게 보고서를 배포할 계획입니까?

아직은 아닙니다.

배포를 안했다니 다행입니다. 그런데 무슨 문제가 있어서 '매수' 의견에서 하루아침에 '주의'로 강등했을까요? 우리 회사 입장에서는 이해가 안 됩니다.

고 이사는 본부장을 향해서 절실함이 밴 표정으로 총살당하기 직전의 병사처럼 팔을 추켜올렸다. 그가 만나는 증권 회사의 리서치 간부에게 회사의 비즈니스 모델과 영업 이익의 추이, 다른 나라 존슨 기억 판매 회사와의 실적 비교를 차근차근 설명하고 그들이 내놓은 사업에 관한 다양한 의문에도 자신감 넘치게 대답했던 태도와 사뭇 달랐다. 고 이사의 뛰어난 로비 능력도 염 본부장에게는 통하지 않았다. 염 본부장은 감정을 드러내지 않는 얼굴에 일 생각만으로 머리를 가득 채워 골프나 접대 따위가 비집고 들어갈 틈조차 없었다. 그가 즐기는 유일한 취미는 일요일 아침마다 하는 10킬로미터 단축 마라톤이었다. 그는 강변을 따라서 굽은 허리로 똑같은 코스만을 뛰었고, 눈이나 폭우 같은 장애도 달리기를 막지 못했다. 경건한 종교 행사를 치르는 것처럼 숨을 들이쉬고 마시며 팔을 일정한 각도로 저었고, 보폭도 똑같았으며 내딛는 첫걸음과 마지막으로 떼는 발자국에도 똑같은 페이스를 유지했다. 기록적인 폭설이 쏟아져서 강변도로가 꽁꽁 얼어붙은 날은 아이젠을 신고 기우뚱한 자세로 휑한 길을 뛰었다는 소문조차 돌 정도였다.

염 본부장의 장기는 사지 말아야 할 회사를 골라내는 일이었다. 그는 입에 들어가면 이빨을 부러뜨릴지 모르는 돌을 쌀

주식이 폭락하면 먼저 임직원의 금고가 가벼워지니 회사의 수익을 높이기 위해 최선을 다할 수밖에 없지요.

대단한 재력가네요. 언제 처분할 수 있습니까?

절반은 석 달 기한이 남았고 절반은 일 년을 더 기다려야 합니다. 앞으로도 그저 회사가 잘나가기를 바랄 뿐입니다.

진출하려는 새로운 사업은 뭐죠.

고 이사는 곤혹스러운 표정을 지으며 잠시 머뭇거리다 입을 열었다.

가상 세계와 관련된 사업입니다. 인간은 현실보다 가상 세계에서 더 행복을 느끼지 않나요. 드라마와 영화와 소설, 모두가 가상 세계에서 뒹구는 인간을 보여주고 비슷한 감정을 느끼도록 유인하지 않습니까? 『신곡』의 죄인을 지지고 불태우는 지옥을 보십시오. 중세의 가톨릭 신자들이 인간의 상상력이 만들어낸 지옥을 얼마나 두려워했으면 너도나도 면죄부를 샀겠습니까? 우리 사업은 면죄부 장사에 비하면 아주 하찮지요. 가상 세계 사업의 구체적인 내용은 더 이상 말씀드리기가 어렵네요. 죄송합니다.

다이신 회사의 추격이 두려운 모양이지요.

고 이사는 그 말을 기다린 것처럼 여유로운 표정을 지으며 말했다.

무슨 말씀을요. 우리는 그들을 전혀 두려워하지 않습니다.

다이신은 수베노스 시장 점유율이 15퍼센트밖에 되지 않습니다. 그들도 기억 녹화 작품을 판매하지만, 우리가 만드는 수베노스와는 여러 부분에서 다릅니다. 그들이 개발한 녹화 장치는 품질이 떨어지죠. 요컨대 적절한 시장을 차지한 점유율 2위 회사는 앞서가는 1위 회사의 번영을 보장해주죠.

하지만 다이신은 최근에 일반인을 상대로 작품을 제작하겠다고 발표하지 않았습니까? 박리다매 작전이 아닐까요. 소수 스타를 중심으로 한 판매 전략과 비교하면 장점도 클 것 같은데요?

고 이사가 가볍게 반박했다. 다이신이 일반인을 상대하는 전략을 짠 것은 상품성이 있는 스타는 거의 우리가 선점했기 때문이죠. 우리는 스타가 무명일 때 미래에 수베노스를 우리 회사와 만들도록 사전 계약을 해놓았으니까요. 선지급하는 경비가 만만찮지만, 충분히 투자할 만한 전략입니다. 더욱이 일반인의 추억 영상을 누가 보겠습니까? 『플레이보이』나 『허슬러』 같은 포르노 잡지에 일반인의 누드를 싣는 난이 있습니다. 아무리 멋진 몸매의 여자가 사진을 올려도 고객은 거들떠보지 않습니다. 아무리 섹시하고 야한 포즈를 취해도 대중은 흘깃 보고는 지나칠 뿐입니다. 일반인이 강변의 승용차에서 벌거벗고 무슨 짓을 한들 대수겠습니까? 승용차가 거친 숨으로 뿌옇게 안개가 서리고, 타이어가 요동을 쳐도 그건 뉴스거리가 되지 않죠. 그러나 스타가 똑같은 일을 벌이면 다릅니다. 대중은 스타의 추억을 원하지요. 왕과 왕비와 공주와 왕자— 현대의 스타들이지요— 의 몸매와 스캔들과 우아함을 보고 싶어 합니다. 그들이 벌이는 야비한 짓을 들여다보고 침을 뱉고 욕설하기를 원합니다. 스타는 신화 시대에 제단에서 희생양으로 바쳐지는 왕과 같지요. 우리는 다이신이 존슨을 넘어서겠다고 큰소리치는 것에 괘념치 않습니다.

그렇게 가볍게 볼 사정은 아닌 것 같은데요. 시장에는 존슨 회사와 스타들의 소속사가 결탁해서 영상을 제작한다는 소문이 쫙 퍼져 있습니다.

그놈의 음모론. 고 이사는 표정의 변화도 없이 대수롭지 않게 말을 이었다.

어떤 제국이나 대기업도 음모를 통해서 건설된 예가 없습니다. 우리 회사는 소수의 선별된 사람과 스타의 추억을 연결하는 비즈니스 모델을 일관되게 유지해왔습니다. 미국이나 중국이나 일본에서 영업하는 존슨 회사도 똑같습니다. 우리는 스타라는 환상을 가장 환상적으로 팔아먹는, 그야말로 환상적인 회사입니다. 억지로 환상을 꾸며낼 필요가 없지요. 스타라는 현상 자체가 환상 아닌가요? 스타는 멀리서 보면 대단하지만, 가까이서 보면 평범한 물건으로 전락하는 싸구려 인형을 닮았지요. 대중과 거리가 멀어지면 멀어질수록 스타의 값어치가 올라갑니다. 우리는 스타의 상품성을 조금 떼어내 소수에게 넘겨줍니다. 만약 우리가 수베노스를 수만 개 판본으로 제작하면 우리와 스타는 동시에 망할 겁니다. 대중은 그렇게 값싸고 다가가기 쉬운 스타는 원하지 않으니까요. 그게 우리가 스타의 상품성에 따라 1개 판본, 2개 판본, 혹은 9개 판본까지만 제작하는 이유입니다. 저희에게서 판본을 산 사람은 판본의 비밀을 엄수하고 다른 곳에 전파하지 않겠다는 계약서에 서명해야 합니다. 구매자들은 그들이 본 내용을 뒷자리에서 은밀하게 떠들 수야 있겠지만, 공개적인 자리나 미디어에서는 말할 수 없지요. 수베노스에 담겨 있다며 번지는 루머가 많으면 많을수록 저희나 스타에게 도움이 됩니다. K양의 수베노스에 대해 포털과 SNS에서 퍼지는 온갖 상상은 목마른 자들이 내놓는 악다구니입니다. 대중은 궁금해서 미칠 지경으로 침을 질질 흘리지만, 갈증은 영원히 계속될 뿐입니다. 스타는 루머라는 찬란한 후광에 휩싸여 하늘 높이 올라가지요. 우리 사업 모델에 음모론의 도움은 필요 없습니다.

염 본부장은 작은 몸을 의자에 깊이 파묻은 채로 반론을 이어갔다.

음모론이 판을 친다면 그것이 자랄 수 있는 비옥한 토양과 따사로운 햇빛이 있기 때문이겠죠. 존슨 회사가 만든 A양 작품은 어떻지요? 그녀가 열애하던 남자 친구를 차버리고 난 보름 후에 수베노스를 발표했지요. 남자 친구는 A양이 무명 시절부터 재력으로 뒷바라지한 사람이었습니다. 스폰서라고 해도 좋은데, 어차피 스폰서와 뒷바라지는 종이 한 장 차이 니까요. 그런데 남자 친구가 자신의 헌신과 A양의 무참한 배 신을 능숙하게 포장해서 언론에 퍼뜨리는 바람에 A양에 대한 여론이 급격히 악화되었지요. 대중이 그까짓 배신 스토리에 왜 열광하는지 모르겠지만, 하여튼 A양은 예정된 드라마 캐 스팅에서 제외되고, 광고마저 두 개나 떨어지자 승부수를 던 졌지요. 그 승부수가 존슨 회사의 작품이었습니다. 전방의 군 대에서 복무하던 B군은 하급 병사를 폭행한 불미스런 일로 위기에 몰리자 작품을 발매했지요. 그러자 회장 사모님들이 작품을 구매했습니다. 작품에 들어 있던 내용 일부가 어떤 경 로인지 바깥세상으로 탈출해서 인터넷을 뜨겁게 달구었습니 다. 어린 시절에 당한 학대였던가요. 고등학생 때 벌써 알코 올 중독에 빠졌던가요. 발매 타이밍이 교묘하게 맞아떨어집 니다. 존슨 회사가 스타 소속사와 은밀하게 연결되어 있다는 의심을 사면 회사의 미래 가치를 보장할 수 없습니다. 존슨 회사의 주식을 사는 투자자들은 스타 한 명이 인기의 절정에 오르거나 몰락하는 데에는 관심이 없습니다. 정상에 오를 차 례를 기다리는 스타 후보생들은 줄을 서 있으니까요. 모든 투 자자는 회사의 지속 여부에 관심이 큽니다. 실적이 조금 떨어져도 꾸준하게 이익을 내는 회사가 인기가 높죠. 언론 가십난에 자주 오르내리는 존슨 회사를 보면 다음에 폭발할 화산은 존슨 회사가 아닐까, 하는 불안감이 투자자들에게 밀려옵니다. 투자자들은 생각지도 않은 사건이 터져 회사 주식이 다음 날 아침에 폭락하면 어쩌나 걱정하기를 싫어합니다.

고 이사는 손으로 턱을 만지면서 창문으로 걸음을 옮겼다. 그의 머릿속은 복잡했다. 이게 염 본부장이 '주의' 판정을 내린 이유일까? 그러기에는 너무 일반적인 사유였다. 염 본부장은 누구나 알 만한 이유에는 관심이 없었다. 그의 장기는 상대를 단숨에 무릎을 꿇게 만드는, 급소를 공격하는 방식이었다.

존슨 회사의 사업은 스타의 스캔들과 대중의 선망에 긴밀하게 연결되어 있었다. 하지만 회사 수익 구조가 불안하게 바뀔까 하는 우려는 지나쳤다. 고 이사는 그렇게 믿고 있었다. 사업 모델의 특성 때문에 수베노스 구매자들이 소수의 부유층인 건 어쩔 수 없었다. 그러나 동전은 앞면과 뒷면이 붙어 있고, 손바닥이 있으면 손등이 있는 법이었다. 고 이사는 르네상스를 이끈 메디치 가문이 현대에 부활한다면 수베노스를 구매할 거라고 확신했다. 어차피 대중문화는 스타를 중심으로 돌아가기 마련이니까. 회사는 스타의 가치를 잣대로 작품을 제작할 뿐이었다. 스타의 상품성은 해 뜨기 직전의 이슬처럼 금방 사라져버려, 회사는 스타의 상품성이 최대로 오르기 직전의 순간을 제작 타이밍으로 잡았다. 그다음부터 스타는 긴 내리막길을 걷기 일쑤였다. 회사는 공장 설비에 투자할 필요가 없고, 석유나 구리 따위의 천연자원의 가격 등락에도 신경을 쓰지 않는 이상적인 비즈니스 모델이었다. 회사의 자본 유보금도 넉넉해서 투자 여력이 넘쳐났다.

염 본부장은 보드카 칵테일에 입술을 살짝 갖다댔다. 한 잔을 비우는 데 하루는 걸릴 방식이었다. 그는 칵테일을 음미하며 조심스럽게 잔을 내려놓았다. 회사의 자금이 넘친다는 고 이사의 말에 염 본부장이 거칠게 대꾸했다.

존슨 기억 판매 미국 회사는 그런 여유가 없지요. 러시아 회사도 전혀 그렇지 않습니다. 미국 회사가 모회사지요? 머지않아 한국 회사도 미국 본사의 방침을 추종하게 될 겁니다. 미국 회사가 수베노스를 팔면서 경매 방식을 도입했지 않습니까?

맞습니다. 하지만 본부장님이 아셔야 할 건 그건 미국의 고유한 방식에 불과하다는 겁니다. 한국 회사는 독립 채산으로 운영되고 있으며 독자적으로 경영합니다. 존슨 박사의 발명품을 이용하고, 영업권을 보장받는 대가로 로열티를 내지만, 그뿐입니다. 미국의 졸부가 크리스틴 로렌스의 수베노스에 3,600만 달러를 냈습니다. 에너지 사업 억만장자인 그가 경쟁 입찰에서 최고 가격을 썼다고 하더군요. 크리스틴 로렌스의 수베노스는 1개 판본이 제작되어 경매에 부쳐졌죠. 미국의 연예지는 그 소식으로 도배되고, 미국 뉴스 프로그램 「60minutes」에서 추적 보도까지 방영했습니다. 하지만 미국은 미국이고, 한국은 한국이죠. 한국에서 최고가 입찰 방식을 도입하면 대중의 반감이 급속도로 올라갈 수 있지요. 한국은 정치나 사회, 문화 어디에서든 응징 문화가 강해서 거액을 놓고 졸부와 연예인이 희희덕대는 모습을 보여주면, 선망과 경탄을 표하던 대중이 단숨에 분노와 보복으로 돌아설 수 있습니다. 연예인에 대한 호감이 폭락하고 광고 이미지 조사에서 거부 의사가 압도적으로 높아지면 수베노스를 찍지 않은 것만도 못하죠.

러시아의 석유와 천연가스 부자들도 제정신이 아닌 자들이죠. 러시아의 부자 세르게이는 세계적인 여배우 아이린 쿠니스와 제니퍼 카야에게 7,000만 달러를 제시했습니다. 누구든지 작품과 저녁 식사를 제공하면 즉석에서 돈을 지급하겠다고 공언했죠. 모욕적인 방식입니다. 아이린 쿠니스와 제니퍼 카야는 돈이 급한 스타가 아닙니다. 그건 노예 처녀를 시장의 단상에 올려, 젖가슴을 만지고, 엉덩이를 두드리며 경매를 하는 방식과 다름없지요. 그들 둘이 설사 작품을 제작하고 싶은 생각이 있더라도 그런 제안을 수락하기는 어렵습니다. 아이린은 곧 수베노스를 제작한다고 알고 있습니다. 하지만 러시아 부자에게 판매되지는 않을 겁니다. 할리우드 스타 누구라도 러시아 부자에게 작품을 팔면 국가 비밀을 넘긴 반역자 대접을 받겠지요. 스타에게 공개적으로 작품 제작을 제안하는 방식을 택한 러시아 회사는 방탕한 인간 종마들이 모인 곳이라는 악평에 시달리고 있습니다. 대중의 관심을 끌어올리겠지만, 스타로서도 독이 묻은 미끼를 물기는 어렵습니다. 까딱하면 자신의 인기 전부를 판돈으로 걸어야 하니까요. 덕분에 존슨 기억 판매 러시아 회사는 작년에 적자로 돌아섰습니다. 저희 K양을 보십시오. J그룹 회장과 키스를 했습니까? 하룻밤을 잤습니까? 고급 창녀로 둔갑해서 엉덩이를 흔들었습니까? 깨끗합니다. 오직 비밀을 담은 영상물 하나와 저녁 식사뿐입니다. 허공에서 하늘하늘 떨어지는 순백의 눈처럼 순수해요. 때문에 대중은 더 달아오릅니다. 저희 회사는 경매나 러시아식 방식은 택하지 않을 방침입니다.

고 이사는 몸을 꼿꼿이 세우고 단호한 어조로 말을 맺었다. 염 본부장은 의자에서 몸을 일으켜 고 이사를 올려다보았다. 그의 얼굴은 무표정하고 딱딱해서 감정이 그의 가슴에 들어 있는지조차 의심스러웠다. 염 본부장은 별일 아니라는 어조로 툭 말을 던졌다.

수베노스를 제작한 스타가 내게 제보를 줬습니다. 존슨 회사는 스타에게 어떤 내용이 들어갔으면 좋겠다는 암시를 미리 준다는 거요.

고 이사가 소리를 내서 웃었다. 그러고는 헛기침으로 목을 가다듬었다. 죄송합니다. 그분이 정말로 여기서 작품을 만든 분인지 의심스럽군요. 몇억, 몇십 억의 돈을 들여 산 작품에 스타가 놀이터에서 즐겁게 그네를 탄 경험이 도배되어 있으면 어떻겠습니까? 파도 소리를 들으며 바닷가 모래성을 쌓으면 어떨까요? 2시간 30분 동안 그런 내용을 감상하고서 좋아할 사람이 누가 있겠습니까? 그런 작품을 내놓으면 우리 회사 주식은 휴지가 될 겁니다. 추억에도 등급이 있습니다. 우리는 스타의 비밀을 파는 회사죠. 그 점을 잊지 않습니다.

염 본부장은 고 이사의 말을 자르고 끼어들었다.

그분은 자신이 상기한 내용이 과연 진정한 자신의 기억인지 회의하고 있었죠.

고 이사는 한숨을 내쉬었다. 그분이 어떤 사건을 떠올렸는지 궁금하군요. 원활한 작품 제작을 위해서 한 시간가량 최면 요법을 씁니다. 누구든지 감추고 싶은 비밀은 지하실 창고 깊숙한 곳에 넣어 자물쇠를 걸어버리니까요. 최면 요법을 통해 살아난 기억은 자신이 믿고 싶은 기억이 아닐 수도 있지요. 인간은 모두 잠재적인 살인자, 성폭행범, 사기꾼이니까요. 거울에 나타난 자신의 모습이 끔찍하기도 하고 어처구니없기도 해서 누구나 의심을 하곤 합니다.

염 본부장은 잠시 자신이 조사했던 회사들을 떠올렸다. 조선소에서 햇볕에 달궈진 후판으로 조립하는 거대한 선체 블록을 방문했고, 로봇이 지치지도 않고 정확하게 용접하는 자동차 공장을 관찰했다. 온몸을 감싸는 방진복을 입고 클린룸에서 실리콘 웨이퍼를 만드는 공정을 지켜보았으며, 풍력발전기의 메인 샤프트를 만드는 단조 공장에서 유압 프레스가 재료를 때리는 굉음에 놀라기도 했다. 그는 현장 조사를 하면서 경영자가 저지르는 비리와 기만을 찾아내 사지 말아야 할 주식을 골랐다. 장밋빛 전망을 내세우거나, 휘황한 첨단 기술과 유망한 아이템으로 포장한 회사도 그의 눈을 피할 수는 없었다. 그는 사지 말아야 할 주식을 고르면서, 역으로 사야 할 주식을 발굴했다. 투자자들의 기억에서 사라져 지하에 묻힌 회사들은 영업 이익이 바닥까지 추락했거나 방직 회사와 같이 시대의 흐름에 뒤처져 가쁜 숨을 몰아쉬기도 했다. 그는 날로 성장하는 풍력발전기 부품을 생산하는 단조 회사와 반도체를 검사하는 장비를 독점해서 생산하는 회사의 숨겨진 가치를 알아냈고, 풍성한 자산 가치로 주가 순자산 비율이 낮은 회사나 사양 산업에서 생존한 기업을 건져냈다.

조선과 IT, 농업과 유통, 자동차와 철강과 게임 등 온갖 비즈니스 모델에 정통한 그로서도 존슨 기억 판매 회사는 도무지 아리송한 사업이었다. 스타의 기억을 파는 사업이 성립될까? 그러나 손에 잡히지도 않는 정체 모를 사업은 세계 각 나라에서 번창하고 있었다. 스타와 부호는 서로 호가와 매수 금액을 올려가며 구름까지 오르는 사다리를 탔고, 대중은 스타와 부자가 벌이는 쇼에 열광하면서 스타의 상품성을 높여주었다. 하지만 사다리가 높이 올라갈 수는 있어도 하늘을 뚫고 나가지는 못한다. 스타의 기억이 오염되었거나 사실과 다르면 심각한 타격을 입을 수밖에 없는 위험천만한 사업이었다.

염 본부장이 입을 열었다.

내 부하 직원 중에 뛰어난 기업 조사 전문가가 있습니다. 직원은 20대 중반에 또래 여자와 결혼했는데, 얼마 가지 못해 이혼했죠. 아내는 이혼한 후 연극배우로 나서서 크게 출세했습니다. 그렇게 뜰 줄은 그 여자도 몰랐던 모양이오. '산비'라고 여기서 두 달 전에 작품을 만들었죠?

산비…… 맞습니다. 9개 판본으로 만들었지요. 최고 등급의 스타는 아닙니다.

내 부하 직원은 전 아내의 비밀이 궁금해서 저축한 돈을 다 털어 판본을 구입했습니다.

헤어진 아내의 내면을 들여다보다니 권장하고 싶지 않은 방식이네요.

나도 그렇게 생각합니다. 직원은 그 판본에서 자신과 관련된 부분을 유심히 보았지요. 불과 5분 정도 되는 분량이었는데, 사실과 달랐습니다. 같이 살았던 주택이 나왔지만 집 대문부터 달랐죠. 그들이 살았던 집은 오크로 만든 대문에 청동 손잡이가 달렸는데 판본에서는 알루미늄 문이었지요. 직원이 살았던 거실은 테라 코타 벽돌 벽에 원목 마루로 고전적인 분위기였는데, 판본은 커다란 창에 몬드리안의 추상화처럼 컬러풀한 벽이었습니다. 직원은 놀라서 옛 사진을 몽땅 꺼내보았죠. 그리고 찬찬히 산비의 수베노스를 감상했지요. 확실히 함께 살았던 장소가 아니었습니다. 그런데 빌어먹을 당신네 작품은 두 번만 볼 수 있게 제작되어 더 이상 추적을 하지 못했지요. 작품은 온갖 집단 섹스와 채찍과 가면과 변태적 성욕으로 가득 차 있었습니다. 직원은 당연히 이런 의문을 품었지요. 이건 아주 고급인 신종 포르노 산업이 아닌가? 포르노에서 여자와 남자가 격렬한 환희를 내질러도 우린 그게 연기라는 걸 잘 알고 있지요. 한마디로 가짜란 말입니다.

고 이사는 전혀 흔들리지 않고 세차게 고개를 가로저었다. 그게 우리 기억이 부리는 마술이죠. 기억은 산과 강물을 찍은 풍경 사진이 아닙니다. 화가가 해석해서 가필하고 덧바른 유화와 같죠. 초등학교 동창생 몇이 모여서 학교 운동회를 회상하면 세부적인 내용은 모두 다를 겁니다. 하지만 운동회에서 발을 묶고 달리거나 기마놀이를 하면서 즐겁게 놀았다는 뼈대는 같습니다. 기억은 그런 것입니다. 주인이 원하는 대로 적당하게 색칠도 하고 구멍이 난 부분은 메워주며 현재의 시점에 맞춰서 재해석합니다. 우리가 추억에 빠지면 왜 고즈넉하고 아련한 분위기에 사로잡힐까요? 창문을 때리는 빗방울, 지붕을 하얗게 덮은 눈, 노란 낙엽이 지천으로 깔린 가로수 길, 차가운 북풍이 거리를 윙윙 달리는 소리를 들으면서 실내에서 마시는 커피의 향, 포근한 주머니 속에서 맞잡은 그녀 손의 부드러운 감촉. 이런 것들이 왜 빠지지 않고 추억에 등장할까요? 추억이란 경험한 것이면서 경험하지 않은 경계에 선 것들이지요. 하지만 그 아름다운 상념을 추억이 아니라고 누가 단정할 수 있겠습니까?

궤변이군. 우린 지금 흔들의자에 앉아서 과거를 회상하는 노인네를 바라보는 게 아니지요. 노인이 빠져든 추억이 황홀하게 치장되어 있어도 아무런 상관이 없지만, 우린 몇천 억이 오가는 비즈니스 모델을 논의하는 중이오. 이 사업에 증권회사와 은행, 수많은 개인 투자자가 돈과 주식을 통해서 관계를 맺고 있으니까.

염 본부장은 차가운 눈빛으로 고 이사를 응시하며 말을 이었다. 우리 직원 말로는 산비라는 배우가 만든 작품에 이런 장면이 나온다고 합니다. 방이 여러 개 있고 거실이 넓은 저택에서 벌어지는 일이지요. 산비가 가면을 쓰고 거실로 들어서면 드레스를 입은 여자 두 명이 그녀를 욕실로 데려갑니다. 욕실은 우윳빛 대리석이 깔렸고 욕조는 황동이지요. 산비가 밖으로 나오면 조명이 은은하게 어두워집니다. 여자 시중이 그녀를 드레스 룸으로 데리고 가서 특이하게 재단된 옷을 입히는데 훤히 드러난 유방을 밑에서 탄탄하게 받쳐주고 속옷이 없이 엉덩이 윗선까지 덮는 미니스커트에 무릎 보호대를 채우죠. 남자 시중이 나타나서 산비의 목에 반짝이는 금줄을 채워서 네발로 기게 해서 거실로 끌고 갑니다. 산비를 인도받은 남자는 보라색 정장 차림에 손에는 가죽 채찍을 들고, 검정색 가면을 쓰고, 높은 모자를 쓰고 있지요. 산비는 기어다니면서 주위를 둘러보는데, 여자뿐 아니라 기어다니는 남자도 여럿이에요. 거실에 모인 사람은 십수 명쯤으로 남자와 여자가 섞여 있는데, 보라색과 황금색으로 치장한, 저마다 개성 강한 예복을 입고 있지요. 그들은 목줄을 채운 여자와 남자를 애완견처럼 끌고 다니면서 칵테일을 마시고 은밀하게 이야기를 나눕니다. 이상하게도 산비가 기억하는 장면은 카메라가 영화를 찍는 것처럼 다양한 각도로 훑는다고 했습니다. 장면을 밑에서 위로 잡기도 하고 풀 샷으로 보여주는가 하면 천장에서 아래를 내려다보며 빙글 돌아가기도 한답니다. 회상하면 추억이 대개 불쑥불쑥 체계 없이 튀어나오지 않나요? 그런데 저택 파티 장면은 정교하게 연출한 에로 영화처럼 진행되었다고 하니.

에로틱한 이야기를 하는 본부장의 얼굴은 오히려 우울하면서 차가운 기색으로 덮였다. 그러고는 거칠게 물었다.

고 이사는 산비가 이 모든 일을 경험했다고 생각하시오? 직원이 전달한 장면을 더 들어봅시다. 상장 회사 연구를 오래 해왔지만 이런 괴상한 분석은 처음입니다. 난 녹음을 하면서 직원의 진술을 주의 깊게 들었습니다. 화제의 중심인 존슨 회사에 관한 비화이니까요. 거실 중앙에는 샹들리에가 놓여 있습니다. 촉광을 낮춰서 샹들리에의 화려하고 정교한 생김새는 잘 나타나지 않지만, 샹들리에가 굉장한 물건이라는 건 분명해 보입니다. 불빛을 받아서 서 있는 주인과 기어 다니는 사람의 그림자가 길게 깔리지요. 기하학적인 무늬가 화려한 카펫이 깔려 있고, 두세 군데에 소파가 놓여 있어요. 소파 하나는 검은색 가죽이고 또 하나는 갈색이죠. 주인들은 소파에 앉아서 인간 개를 옆에 눕히지요. 주인들은 은어와 암호를 섞어 대화를 주고받는데, 산비는 그들이 자신을 '몰'이라고 부른다는 것을 알았습니다. 주위에 몸매가 잘빠지고 피부에 윤기가 흐르는 남자 몰 두 마리가 있었지요. 여자 주인이 몰의 엉덩이와 주머니를 쓰다듬으면 주황색 주머니로 싸인 그들의 성기가 부풀어 올랐습니다. 산비의 회상에 따르면 난잡한 섹스 파티가 벌어지지는 않은 것 같습니다. 애완견 대신에 몰을 끌고 다니는 사교 파티였다는 말이죠. 한번씩 주인들이 몰의 엉덩이를 채찍으로 때리거나 쓰다듬기도 하고, 목덜미를 혀로 애무하기도 했지만, 그건 애완견으로 대하는 거였지요. 그들은 몰에게 먹이를 주고 쓰다듬고 간지르면서 장난을 쳤는데, 몰들도 애완견의 습성을 닮아서 주인이 귀여워하면 기뻐서 어쩔 줄을 몰라 어깨와 엉덩이를 흔들기도 했지요. 한 여자 주인이 누워 있는 남자 몰의 엉덩이를 하이힐로 밟았는데 몰은 뒷굽이 짓누르면서 선명한 자국을 남길 때마다 목을 쓰다듬어 주는 것처럼 흥분해서 몸을 떨었답니다. 여러 번 그 파티에 참석해서 파티의 관습에 익숙한 몰들도 보이는 것 같았지요. 유별난 주인이 한두 명씩 끼어 있어 남자 몰의 보자기를 주물럭대거나 여자 몰의 스커트를 걷어올려 엉덩이를 친구에게 벌려 보이는 장난을 하기도 했지만, 전체적으로 우아하고 고급스러운 파티 분위기였다는 거지요. 가면을 쓰면 광란에 빠져들기 쉬운데도 말이오.

고 이사가 냉담한 어조로 대답했다. 산비가 그런 일을 실제 겪었다고 생각하지는 않으십니까?

맞아요. 나도 그렇게 봅니다. 우리나라 상류층들도 별짓을 다 할 겁니다. 돈은 넘치고, 나라를 이끈다고 힘이 드니 그런 여흥을 즐기는 것도 괜찮겠지요. 야근의 나라에서 사는 우리와는 태생이 다르니까. 나라면 그런 파티에 초대받아도 담요를 뒤집어쓰고 잠을 더 자는 편을 택할 거요.

염 본부장은 물끄러미 고 이사를 쳐다보았다. 작고 보잘것 없는 얼굴에 박혀 있는 차가운 눈은 상대방의 속마음을 강렬 하게 꿰뚫어 보는 것 같았다.

이야기를 좀더 들어볼까요? 우리 직원은 그 거실에서 낯익 은 사람을 발견했습니다. 여자 주인이 남자 몰의 허리를 감싸 안고 있었는데, 직원은 그 남자 몰이 자신이라는 걸 알아챘지 요. 허벅지에서 발목을 따라가는 선과 발 모양과 왼쪽 어깨에 눈에 띄게 박힌 둥근 점을 봐도 자신이었지요. 부부로 지낼 때 산비는 손가락으로 점을 꼬집으며 직원을 점박이라며 놀 렸지요. 우리 직원은 그 파티에 간 적이 없어요. 근사한 파티 라서 참석은 하고 싶다고 말하더군요. 남자 몰로 귀여움을 받 으면서 사는 것도 괜찮겠다고 했지요. 하지만 그 직원도 야근 에 시달리는 종족이라서 초대장을 받으면 잠을 더 자는 편을 택할 거요. 산비는 거짓 인물을 파티에 심은 겁니다. 똑같은 말이지만 파티에 참석한 인물을 자기가 꾸며낸 것이오. 그럼 파티의 다른 인물도 꾸며내었다고 보는 게 합당하지 않을까? 산비가 펼친 화려한 파티가 그녀의 창작품이 아니라는 증거 가 어디에 있을까?

고 이사는 겉으로는 여전히 담담했다. 오래된 추억이면 인 물 하나는 착오로 끼어들 수 있지 않을까요? 좀 전에 17층에서 본 수베노스에도 그런 인물이 하나쯤은 들어가 있지 않을까요?

그렇다면 다른 인물들도 끼어든 게 아닐까요? 이봐요. 얼마나 심각한 문제인지 모르는 것 같은데, 산비가 보여준 파티 자체가 환상이 아닐까 하는 거요. 존슨 회사는 스타의 진짜 기억을 판다고 하지 않았나요? 당신들이 침이 마르도록 강조한 것은 진짜 기억이오. 진짜에 조작된 기억이 심어져 있으면? 금박이 칠해진 납덩어리가 금괴로 변신했다면?

고 이사는 염 본부장의 신랄한 어조가 아니더라도 심각한 문제임을 알아챘다. 리서치 본부장보다도 몇십 배나 확실하게 실감했다. 등에 진땀이 흘렀다. 전기 고문을 받는 것처럼 털이 서고 피부에서 타는 냄새가 나는 것 같았다. 머리에서 온갖 가정과 생각이 날뛰었지만, 내색하지 않았다. 조금이라도 동요하면 상대방의 마음을 읽어내는 괴물이 알아챌 것이다. 회사가 중환자임을 선고하는 염 본부장의 보고서는 단순 명확하며 적절한 표현으로 차 있었다. 매도 의견을 담은 보고서는 업체에 대한 부고장이었다. 그가 중환자실로 보내야 한다고 결론지은 업체 중에서 멀쩡하게 살아 돌아온 회사는 없다. 본부장이 중환자 낙인을 찍은 업체는 시장에서 검증하기도 전에 심장이 느려지고 급격하게 쇠약해지면서 마침내 장기가 썩는다. 은행과 제2금융권과 증권 회사 모두 그 업체에 의심의 눈길을 거두지 않아 자금을 조달할 길이 뚫리지 않는다. 당장 날짜까지 잡힌 1,500억 유상 증자가 날아가버릴 것이다. 염 본부장은 신비한 능력으로 자신이 낙인찍은 회사가 걸어갈 미래를 보는지도 모른다. 어쩌면 그는 악마와 거래하는 건 아닐까?

염 본부장이 낙인을 찍은 오성 건설은 두 달 만에 무너졌다. 본부장은 먼저 '주의'라는 부정적 브리핑을 회사 내부에 돌렸다. 그러면 D증권 회사에서 오성 건설 주식을 추가로 매수하지 않고 보유한 주식은 나눠서 판다. 그는 곧 '부정적'이라는 보고서를 내고 기관 투자가들에게 '투자 유의'라는 한 단계 높은 조치를 낸다. 그는 결코 한 번 잡은 먹이를 놓치지 않는다. 그다음으로 그는 '시장 중립'으로, 마지막에는 기관 투자가와 일반 투자가를 상대로 '매도' 의견까지 낼 것이다. 오성 건설은 매도 의견서를 받아들고 3주 만에 파산하고 말았다. '시장 중립' 의견을 받아든 산풍 주식회사는 발버둥을 치면서 그 낙인에서 벗어나는 데 2년이나 걸렸다. 회사채 발행은 실패했고 대출 금리는 끝없이 높아졌다. 아직도 산풍 회사의 이마에는 '시장 중립'이라는 시뻘건 낙인이 지워지지 않는 채로 남아 있다. 그나마 산풍은 직원을 절반으로 줄이고 사옥까지 파는 노력을 한 끝에 '매도' 의견까지는 나가지 않아 목숨을 부지했다. 산풍은 염 본부장의 조사에 제대로 대처하지 못했다는 이유로 재무홍보 부서 전원을 해고했다. 염 본부장이 내놓는 '매도' 의견서라니, 재무홍보 부서 담당자에게는 유황 냄새 가득한 지옥에 다녀오라는 편이 차라리 더 나을 것이다.

고 이사는 자신의 26억 스톡옵션이 날아갈 위기에 처한 것도 본능적으로 알아챘다. 스톡옵션을 팔면 이번 겨울에 어머니를 모시고 오키나와로 날아갈 계획이었다. 어머니는 겨울이면 찬바람이 몸을 파고든다고 질색이었다. 작년에는 시베리아에서 불어온 영하 수십 도의 차가운 공기가 도시를 습격했다. 해가 지면 어머니의 무릎 관절이 붓고 인대와 근육이 굳었다. 의사는 걷기 운동을 권했지만, 천변에 조성된 산책 코스는 세찬 바람이 몰아치고 꽁꽁 얼어붙어 아파트 단지를 뒤뚱대며 겨우 걸었을 뿐이다. 올해는 오키나와에서 콘도를 빌려 어머니에게 겨울 내내 평균 21도의 쾌적한 온도를 선물할 계획이었다. 펀드 매니저와 언론사 기자를 상대하는 시간은 점차 줄인다. 고 이사는 자신을 방해하는 염 본부장에게 분노가 치밀었다. 하지만 깊게 숨을 들이마시며 낮은 목소리로 침착하게 말을 이었다.

산비가 회상을 하면서 착오로 다른 기억이 들어왔을 겁니다. 또 다른 가능성이 있습니다. 질투에 눈이 먼 직원분이 수베노스의 장면을 왜곡해서 회상하거나 자신의 질투를 화면에

덮어씌운 경우입니다. 본부장님은 그런 일이 벌어지지 않았다고 자신하십니까?

직원이 잘못 보았다? 우리 직원까지 물고 가겠다? 너무한 것 같은데. 우리 리서치 팀이 자주 쓰는 수법이 뭔지 아시오? 점유율을 다투는 경쟁 회사에서 취재하면 상대방 업체의 약점을 잔뜩 제공해줍니다. 2위 다이신 업체는 점유율이 고작 15퍼센트밖에 되지 않지만, 그들은 스타 중심의 기억 재생 모델을 위험하게 보고 있어요. 다이신 회사의 기술자는 거액이 걸린 상태에서 추억을 녹화하면 반드시 기억의 왜곡이 생긴다고 말했지요. 우리 대뇌가 자신도 모르게 거짓 추억을 만드는데, 그건 본인도 모른다는 거요. 뇌가 극적인 방식으로 추억을 과장하고 왜곡해서 그럴싸한 작품을 만든다는 겁니다. 그들은 자신들이 확보한 삼류 스타들로 기억을 재생하면서 똑같은 경향을 발견했지요. 대중의 사랑을 잃은 삼류들은 인기를 되찾기 위해서라면 어떤 짓이라도 벌일 각오가 되어 있었다고 하더군요. 더구나 삼류라도 한때 매스컴을 타는 바람에 허영심에 들떴다가 이제는 평범한 씀씀이로 살기가 힘드니 돈이 급하기도 하지요. 그들을 상대로 추억 녹화 장치를 가동하면 잘 만든 영화를 찍는 것 같답니다. 불과 몇 분 사이에 대뇌 피질이 시나리오를 쓰고, 배우를 모집하고, 세트를 지어서 그럴싸한 추억을 창조하는 거요. 그 안에는 섹스 파티, 스캔들, 음모, 동료 연예인에 대한 비열한 중상을 비롯한 고객이 원하는 종합 선물이 가득 들어 있었소. 존슨 회사 작품도 똑같지 않을까. 단지 교묘하게 한정판을 찍기에 검증할 방법이 없었던 거지. 구입한 고객이 문제를 추적하고 싶은 생각도 없고 말이오. 하긴 화끈한 영상에 눈이 휘둥그레진 고객이 왜 그러겠소만.

고 이사는 즉각 반박했다. 삼류와 톱스타는 다르지요. 삼류는 일류가 선 자리에서 계단 두 칸 아래에 서 있는 게 아닙니다. 삼류와 일류 사이에는 건널 수 없는 심연이 자리 잡고 있습니다. 삼류라는 이름 자체가 혐오감을 불러일으키지 않습니까? 대중과 부자가 왜 삼류에 관심을 보이지 않겠습니까? 삼류가 만드는 콘텐츠는 결국 삼류에 불과합니다. 다이신은 톱스타를 상대로 수베노스를 제작한 경험이 없어요.

그놈의 수베노스! 브랜드는 그럴듯하게 완성했어. 어쨌든 다이신은 수백 번의 실험을 거쳤는데, 대뇌 피질의 역동성에 놀라서 추억 재생 프로그램은 절반의 진실만을 보여준다고 결론지었소.

고 이사는 자신을 벼랑으로 미는 본부장에게 저항했다.

다이신의 기억을 녹화하는 기계는 싸구려입니다. 존슨 박사 제품에 한참 뒤떨어지는 데다 두 번이나 특허 심사에서 떨어졌고, 겨우 등록을 마쳤지요. 녹화 시스템이 불안정해서 기억을 재생해도 60퍼센트밖에는 잡지 못합니다. 그런 불안한 장비로는 불안정한 비즈니스 모델을 운영할 수밖에 없지요.

그럴 수도 있겠지요. 다이신은 비즈니스 모델을 일반인과 삼류 스타를 상대로 정했소. 톱스타를 확보하지 못하니까 당연히 택한 전략이겠지만, 그들은 수백 번의 작품을 제작하면서 인간의 기억이라는 것이 요상한 괴물이라는 것을 느꼈다고 합니다. 제조해서 판매하기에는 불안정하고 배신당하기 쉬운 놈이라는 거지요. 인간은 낙엽이 깔린 벤치에 앉아서 노을을 바라보며 추억을 먹고 사는 동물이 아닌 셈이야. 절반은 진짜 추억이고 절반은 끼어든 잡음이니까. 그런데 절반인 진짜 추억이라는 놈도 온갖 가면을 뒤집어쓰고 있다는 거요. 일반인이나 삼류 상대로 제작한 추억 작품이야 괜찮을 수도 있어. 찍는 판본 수도 많고 값도 싸니까. 언론이나 뒷골목에서 떠들 건수도 드물지. 그렇다면 추억의 대중 상품화도 괜찮소. 하지만 말이야. 일류 스타를 상대로 거대하고 독점적인 서비스를 운영한다는 것은……

고 이사는 염 본부장을 똑바로 바라보았다. 염 본부장이 취할 조치와 수순은 명백했다. 고 이사는 대안을 찾아보았다.

본부장님, 현재 구체적으로 증거가 있고, 문제가 되는 건 산비의 작품에 나오는 파티 장면입니다.

그것 말고도 많지.

그러나 파티의 진실성에서 문제가 시작된 것 아닙니까? 제가 본부장님을 그 파티에 참석할 수 있도록 하겠습니다. 직접 보면 파티에 증권 회사 직원이 나온 것이 해프닝에 불과하다는 것을 확인할 수 있을 겁니다.

나를? 그 파티에? 보라색 예복을 입은 주인으로 넣어준다고?

아슬아슬한 모험을 즐겨보시지요.

이런, 비쩍 마르고 어깨까지 굽은 내가?

근사한 예복에다 모자를 갖추도록 하겠습니다.

산비가 동의를 할까?

산비와 동행하도록 조치를 하지요.

염 본부장은 고 이사를 물끄러미 쳐다보았다. 이놈의 기억 회사란! 존슨 회사라면 수베노스의 진실을 입증하려고 산비의 기억에 나타난 파티를 그대로 재현할 수도 있는 기업이었다. 회사는 기억과 실재의 파티를 뒤죽박죽으로 섞어 어느 것이 먼저였는지 선후를 지울 것이다.

어렵다면 D증권 회사에서 젊은 남자 직원을 보내주십시오. 그 파티가 생생하게 손에 쥘 수 있는 실물임을 보여드리겠습니다. 존슨 박사가 개발한 영상 기록 장비는 조작된 기억이 침입하도록 허술하게 운용되지 않습니다. 직접 확인하시고 보고서를 작성해도 늦지는 않을 겁니다.

염 본부장은 고 이사의 제안에 아무런 대답을 하지 않고 일어났다. 염 본부장은 생각에 잠겨서 창문을 따라 걸었다. 그러고는 보라색 스툴에 앉았다. 그는 천장에 거꾸로 매달려 바닥을 향해 뛰어내리려고 하지만 뛰어내리지 못하는 토끼를 잠시 쳐다보았다. 그는 뭔가를 말하려다 말고는 자리에서 일어났다. 그는 고 이사와 악수하며, 칵테일 잘 마셨다고 말하고는 회의실을 나섰다.

고 이사는 염 본부장을 바래다주고는 바로 사장실로 올라갔다. 사장의 의자 뒤에는 괴상한 모양과 색채의 나무로 만든 인디언 토템 폴이 서 있었다. 그는 사장실로 올라갈 때면 늘 토템 폴에 놀라지 말아야겠다고 다짐하면서도 여지없이 놀라곤 했다. 토템 폴의 아래는 커다란 지느러미를 단 범고래였고, 중앙은 붉은 해였으며, 꼭대기는 붉은색과 흰색으로 칠한 날개를 활짝 편 독수리였다. 사장을 만나거나 결재를 받는 사람들은 자신을 채서 날아갈 것 같이 발톱을 움켜쥐고 강렬하게 앞을 쏘아보는 독수리에게 움츠린 시선을 보냈다. 그러면 사장은 괜찮아, 내 수호신이야라고 말했다. 사장의 말에 따르면 캐나다의 앨버타 주를 달릴 때 심각한 교통사고를 당했는데 멀쩡하게 빠져나왔다고 했다. 그는 자동차의 앞에 매단 인디언 토템 폴 장식 덕분에 피해가 크지 않았다고 말했다. 뇌파와 뇌 구조를 이용하는 첨단 회사의 사장이 믿기에는 곤란한 미신처럼 들렸으나, 토템 폴의 독수리와 해와 범고래는 꿋

꿋하게 자리를 지키며 사장을 보호하고 있었다.

사장은 염 본부장이 D증권 회사 내부용으로 '주의'를 띄운 근거에 신경을 곤두세우고 있었다. 사장이 고 이사에게서 염 본부장을 만난 이야기를 듣자 얼굴을 찌푸렸으나 그다지 어두운 기색은 아니었다.

그놈이 기관 투자가에게 언제 보고서를 보낼까? 다음주에는 처리할 것 같습니다. 그러니까 고 이사는 놈에게 보여주는 용도로 인간 애완견 파티를 재현하겠다는 건가? 회사의 비밀 보관 판본 내용을 확인하고 산비에게 협력을 요청해서 똑같이 재현하면 되지 않을까요? 비슷한 장소에 비슷한 옷에 비슷한 인간들을 넣어서 말이죠. 그런다고 그놈이 믿어줄까? 머리에 의심이 똘똘 들어찬 녀석이 말이야. 사장님의 임기가 얼마 남지 않았습니다. 그 기간이라도 보고서 발표를 지연시키면서 다른 해결책을 찾아봐야 하지 않겠습니까? 옳아. 하지만 말이야. 파티를 꾸며서 재현한 사실이 놈의 귀에 들어가면 수습할 기회가 없어지는 건 아닐까? 저희보다 산비가 주도한 것처럼 준비해야 하지 않을까요? D증권 회사에는 그녀가 해명을 원한다는 이유를 대면서요.

사장은 이미 80억 원의 스톡옵션을 챙겼다. 일 년 후에 행사할 스톡옵션은 20억이 남았을 뿐이었다. 이미 목돈을 챙긴 사장에게 20억은 많은 돈이 아니라서 그런지, 그는 느긋한 표정이었다. 산비가 파티를 재현하는 데 우리에게 도움을 줄까? 그렇지는 않을 겁니다. 그녀야 펄쩍 뛰며 우리 회사가 프라이버시와 보안을 지키지 않았다는 계약 조항을 들이댈 겁니다. 그래도 다른 방법이 없습니다. 염 본부장은 한번 물면 숨통을 끊을 때까지 놓지 않는 놈입니다.

그런데 산비의 전 남편이 왜 회상 장면에 나타난 것일까? 글쎄 말입니다. 회상은 가끔 마술을 부리니까요. 추억 자체가 마술사의 모자에서 끄집어내는 토끼가 아니겠습니까? 사장님. 한가한 이야기를 나눌 시간이 아닙니다. 빨리 행동을 취해야 합니다. 중요한 이야기인 줄은 나도 아네. 하지만 우리는 더 한가하게 이야기를 나눠야 하네. 놈이 어떤 증거를 쥐고 있는지가 중요한데 아직 확실한 물증을 못 잡았으니까. 문제가 된 수베노스는 재생이 끝났고. 산비는 절대로 조작이 아니라고 부인할 테니까. 타 회사와는 비즈니스 모델이 달라서 놈도 보고서를 내기에 부담이 클 거야. 고 이사, 산비가 보여 줬다는 파티를 아예 대규모로 재현하는 건 어떨까? 아, 물론 산비의 수베노스에 나온다는 말은 입 밖에도 내지 말고 말이야. 조금만 수위를 낮춰서 거대한 쇼로 재현하는 거지. D증권 회사 사장을 비롯한 금융권에서 소수의 사람만 청하고, 은근하게 수베노스와 관련이 있다는 분위기만 풍기는 거야. 말썽을 일으키는 본부장은 빼야지. 우리의 사업 모토는 '은밀하게'가 아닌가? 그런 파티가 수베노스에서 실행되었다는 소식이 퍼지면 우리 구매자와 대중은 K양이 겪은 사건일까 혹은 Z군이 몰로 참여했을까 추측을 내놓으며 날뛸 거야. 오히려 우리 사업은 더 번창할 걸세. 공격이 최선의 방어 아니겠어.

마호가니 책상에 놓인 인터폰이 울렸다. 들어오라고 하자 판매 실장이 보고서를 내놓았다. 사장님, 톱스타 L양의 작품에 계약 문의가 바로 들어왔습니다. 수고했네. 총 120억 원에 2개 판본이었지. 사겠다는 사람이 누구야? 중국의 부동산 업체 회장과 태국의 통신 회사 사장입니다. 그렇군. 이제는 외국에 수베노스를 풀어도 되지. 중국이야 그렇지만 태국에도 부자들이 많지. 한류 스타가 찍은 수베노스를 태국인이 구매했다니, 태국 연예 뉴스가 쉴 틈이 없겠는데. 계약 체결을 언제로 하면 좋을까? 일주일 후에 신라 호텔에서 여는 걸로 하고, 이번에는 아예 계약 체결을 이벤트로 만들자고. 신작 영화를 오픈하는 방식으로 말이야. L양도 불러서 그녀 양옆에 중국 회장과 태국 사장을 앉히면 좋겠는데. L양은 온몸을 감싸는 도도하고 신비한 순백의 드레스 콘셉트가 좋겠고. 사장 둘은 L양과 터치를 못하도록 조치를 해놓지. 가벼운 포옹이나 악수도 곤란해.

그들이 한국의 계약 체결장에 올까요? 암, 오고야 말고. 그들은 L양의 은밀한 곳을 소유했다는 기쁨으로 가득 차서 으스대며 얼굴을 드러낼 거야. 남자는 그런 환상에 녹아버리니까. 실제로는 손끝 하나 건드리지 못하지만 말이야.

사장은 고 이사에게 소파에 앉도록 권했다. 고 이사, 염 본부장이 '매도' 의견을 내면 우리 사업이 망하리라고 보나? 사장님. 그는 파괴력이 큰 놈입니다. 게다가 놈은 고집불통이라 D증권 회사 사장이 요청해도 자신의 의견을 바꾸지 않습니다. 그렇지, 그건 아네. 하지만 염 본부장이 수베노스에서 뭘 문제로 삼겠다는 건가? 산비의 수베노스에서 진짜 추억이 아닌 환상, 즉 가짜가 들어 있다는 것 아닌가? 그런데 우리 사업은 애당초 가짜에 바탕을 둔 것이 아닌가 말이야. 네? 무슨 말씀을? 우리는 스타의 진실한 추억을 제공하는……

고 이사, 내 말은 스타의 진실한 추억이 설령 가짜라 하더라도 우리 사업에 아무런 문제가 없다는 거야. 우린 샤넬이나 에르메스처럼 가방이나 옷을 만드는 회사가 아니야. 기억에는 브랜드가 없으니까 짝퉁이 성립될 수도 없어. 염 본부장이 우리 사업의 다른 약점을 치고 들어왔으면 모르겠네. 하지만 지금 문제가 되는 건 크게 걱정할 일이 아니지 않을까? 도대체 누가 스타의 내밀한 추억의 사실 여부를 따지겠어? 스타와 소속사? 구매자인 부자나 대중? 아니야. 아무도 없어! 그들은 진실을 원하는 게 아니야. 오히려 진실에서 도피해 입맛에 맞는 통조림 같은 기억을 먹고 싶을 뿐이야. 그들 얼굴에 사실을 턱 들이대면 모두 구토를 하며 괴롭게 몸부림을 칠 거야. 그들은 자신이 원하는 꿈을 야무지게 꾸고 있어. 그들은 자신이 꾸는 달콤한 꿈에서 깨어나지 않기를 합창하고 있다니까. 억지로 찬물을 퍼부어서 그들을 깨우면 불같이 화를 낼 거야.

사장이 보고서 한 장을 내밀었다. 경찰청에서 부유층이 벌인 환락 파티를 내사한 자료였다. 경찰청 정보 과장이 사장 후배다.

사장이 말했다. 파티에서 신종 마약도 사용한 모양인데 파티 풍경이 산비의 수베노스에 나온 모습과 유사해. 이 땅 어디선가 산비가 겪었다는 파티가, 아니 그보다 더한 무엇이 벌어지고 있지 않겠나? 권태와 부에 지친 인간들이 끝까지 가겠다고 작심하고 벌이는 아수라장을 산비가 회상한 게 뭐가 이상하다는 말인가? 염 본부장은 고리타분하고 막힌 놈이어서 수베노스가 지닌 힘을 이해하지 못해. 착각하지 말게. 우리는 토목 회사나, 전자 회사가 아니야. 건설 회사가 세운 다리가 무너지거나 전자 회사가 생산한 냉장고가 고장 난다면 고쳐야 마땅하지. 그건 현실이니까. 우리가 만든 수베노스는 현실이면서 가상이고 가상이면서 현실이야.

고 이사. 좋은 소식을 말해주지. 톱스타 M군과 B양이 수베노스를 하겠다고 연락을 해왔어. 그들의 소속사에서 수베노스를 발매한 K양 인기에 놀란 모양이야. 그들은 한 방 얻어 맞고 나서야 겨우 정신을 차린 거야. B양 매니저에게는 확답을 주지 않았네. B양은 A양과 같이 연예계의 양대 산맥이라고 자부했지만, A양의 질주를 따라잡지 못하고 한 방에 훅 가버릴까 걱정이 대단해. B양 건은 작품 제작을 미루면서 마음껏 애태울 생각이야. 몸이 달아오르면 뽑아내는 추억도 근사하겠지. 하하. 예전에 우리 제안을 거절한 적이 있으니 조금은 마음고생을 해야 하지 않을까. 그리고 판매실과 의논했는데, 이제부터 톱스타는 판매가를 단 1개 판본에 120억으로 올릴 계획이네. 슈퍼 부자들이 자신이 흠모하는 배우가 언제 수베노스를 찍는지 애타게 기다리고 있으니까.

고 이사, 자네 스톡옵션이 언제 만기지? 절반은 석 달 후고 나머지는 일 년 뒤라고. 걱정하지 말게. 자네가 스톡옵션을 행사할 때까지, 아니 그 후에도 아무 일 없을 걸세. 톱스타들이 몰려오고 매출이 느는데 무슨 걱정인가? 염 본부장은 세상의 절반만 아는 놈이야. 그놈은 나머지 반쪽의 진실을 몰라. 우리 사업에서 진실이 뭔지는 아무도 몰라. 존슨 박사인들 제대로 알까? 그리고 진실 자체에 관심을 두는 놈이 몇이나 되겠어?

참, 어머니 건강은 어떠신가? 무릎이 좋지 않다고 했지. 여전하다고. 내가 일본 아키타의 치료 온천을 소개해주지. 욕장

바닥에 붉은 진흙이 얇게 깔린, 관절염에 잘 듣는다고 소문이 자자한 온천이야. 사촌누나가 다녀와서 한결 나아졌다고 자랑하고 다녀. 며칠 휴가를 내서 어머니와 함께 다녀오게. 출장으로 처리해서 항공권과 경비를 지원해주지. 고맙다니 무슨 말을. 고 이사, 고생하는 걸 잘 아는데, 뭘. 그딴 걸 가지고. 다녀와서 새로운 수베노스를 개척해보자고.

만월의 시간

여자가 걸음을 멈췄다. 반 발자국을 뒤로 물러선 그녀는 잔교의 가운데를 찬찬히 살펴보았다. 걸음을 막는 무언가를 조심하는 몸짓이었다. 선착장에서 요트까지 똑바로 뻗은 잔교는 승용차가 달려와도 버틸 만큼 튼튼해 보였다. 고개를 든 여자는 요트에 시선을 보내 잔교를 훑어내렸다. 잔교의 나무에 구멍이라도 뚫린 걸까? 잔교에 그녀를 막는 무엇이 있을 리는 없었다. 선착장의 관리자가 보았다면 다소 불쾌하게 여길 수도 있는 모습이었다. 술에 취한 사람이라면 잔교 옆의 바다로 빠질까 조심스럽게 걸어야 하겠지만, 길을 제대로 다니는 사람은 잔교를 걱정할 까닭이 없었다. 여자가 다시 걷기 시작했다. 그녀는 다소 불안한 걸음으로 요트로 다가왔다.

남진태는 요트의 백 스테이를 잡고 일어섰다. 구멍이 나거나 부서질 위험에 처한 것은 잔교가 아니라 진태였다. 그는 도망칠 곳을 찾는 것처럼 뒤를 돌아보았다. 저 여자가 권서진이라 해도 선착장의 바다에 뛰어들 수는 없었다. 요트 옆에 선 서진은 어떻게 요트 위로 오를까 궁리하는 눈치였다. 서진은 요트의 후미에 선 진태를 못 본 척했다. 그녀로서도 뾰족한 방법은 없었으리라. 악수를 청하기도, 알은척을 하기도 난처한 마당이었다. 서진은 라이프 라인을 지탱하는 기둥을 붙잡고 탄력을 붙여 갑판 위로 올랐다. 마침 선실에서 나온 선장이 서진을 보자 요란스럽게 인사를 하며 손을 잡아끌었다.

"귀한 분을 모셔 영광입니다."

선장의 우렁찬 소리에 선실의 남자 두 명이 올라왔다. 그들은 곧 온다는 여자를 기대에 차서 기다리고 있었다. 서진을 보지도 않은 선장은 미인이 탄다고 허풍을 터뜨렸다. 요트를 제법 타서 반쯤 바닷사람이 된 남자들은 선장의 말을 곧이곧대로 믿어선 안 된다는 사실을 알면서도 은근히 기대하고 있었다. 요트 카페를 운영하는 선장은 일본에서 중고 요트를 사서 한국에 배달하는 업무를 했다. 그럴 때면 그는 일본에서 몰고 오는 요트에 동승할 승객을 구하는 공지를 올렸다. 그는 승선 비용을 받아 승객에게 국제 항해 요령을 가르치고, 외롭지 않게 대한해협을 넘어오는 이점까지 챙겼다. 연안 운행에

숙달한 사람들이 주로 신청했지만, 초보이거나 요트를 전혀 모르는 사람들도 해협을 건넌다는 낯선 경험에 흥미를 느껴 신청하곤 했다. 선장은 누구든지 대환영이었다. 요트로 마라도까지 다녀왔던 의사가 서진이 갑판으로 나간 사이에 선장에게 물었다.

"저 아가씨가 요트를 타봤답니까?" "처음이라 했지." "요트 면허를 따겠다던가요?" "글쎄, 그런 말은 못 들었는데."

조종 면허 따위야 어찌되었든 좋았다. 여자가 요트 국제 항해에 동승하는 건 드문 일이라, 시모노세키에서 부산까지 함께 보낸다는 사실 자체가 색달랐다. 선장과 의사와 건축사 승객은 야단스럽게 서진과 악수를 하고는 그녀를 콕핏에 앉혔다. 휴가를 내고 온 건축사가 커피를 가지고 오겠다면서 선실 승강구로 쿵쾅 소리를 내며 내려갔다.

진태는 알고 있었다. 요트를 처음 탄다는 서진의 말은 거짓이었다. 두 해 전이었던가. 진태는 친구의 요트를 빌려 수영만 요트장에서 대변항까지 반나절 투어를 다녀왔다. 초여름의 휴일 오후였다. 요트 조종 면허를 딴 지 얼마 되지 않아 운행이 서툴렀지만, 빌려주는 친구는 태평했다.

"처박아도 돼. 가격이 1,500만 원밖에 나가지 않으니까." "야, 그래도 소형 승용차 값이다." "무슨? 소형차도 요샌 옵션 달면 2,000만 원 가까이 나온다니까."

동행하자는 요청을 친구는 굳이 거절했다. "둘이서 잘 다녀
와. 저녁에 청사포에서 회나 한 접시 하자."

그날은 남동풍이 제법 불었다. 진태는 메인 세일을 절반으
로 줄였다. 바람에 요트가 기울어지자 서진이 진태의 팔에 매
달렸다.

"무서워요."

그러나 그녀는 전혀 무서운 표정이 아니었고, 배시시 웃기
까지 했다. 초보 항해자인 그는 대변항에 배를 대려다 애를
먹곤 바로 뱃머리를 돌렸다. 늘어선 어선과의 거리가 가깝게
느껴져 안으로 비집고 들어가기 난망했다. 수영만으로 돌아
오는 길은 역풍이 불어서 세일을 내리고 엔진을 돌렸다. 서진
은 그의 팔을 붙잡고 몸을 착 붙이고 앉았다. 엔진음이 진태
의 빨라지는 심장 고동 소리를 감췄다. 그녀를 향한 감정이
바람을 안아 활짝 부푼 돛처럼 팽팽해졌다. 요트는 대변과 기
장과 송정 앞에 펼쳐진 양식장을 빙 돌아서 수영만으로 느릿
느릿 돌아왔다. 초보인 그가 어망 줄에라도 걸리면 그런 낭패
가 없을 터였다. 그보다도 서진과 둘이서 보내는 시간을 길게
늘리고 싶은 마음이 더 컸다. 달이 떠올랐다.

진태가 은밀하게 서진에게 말했다.

"오늘이 보름인 거 알아? 저 달을 봐."

풍만한 보름달이 검은 밤바다에 맑은 빛을 뿌리며 유유히

따라왔다.

"그런데요?" 놀랍게도 서진은 별 감흥 없이 시큰둥했다.

"그런데요, 라니? 난 오래전부터 서진에게 꼭 저걸 보여주고 싶어 별렀다고…… 이런 밤바다에 저렇게 완벽한 보름달은 아무나 볼 수 있는 호사가 아니거든."

"진태 씨는 정말 못 말리는 낭만파라니까. 옛날이야 대단한 달이었지만, 지금이야 어디 그래요?"

"그건 왜?"

"옛날에 아무것도 모를 땐 정말 신비하고 아름다웠는지 모르지만, 지금은 그저 황폐한 땅덩어리일 뿐이라는 걸 낱낱이 확인했잖아요? 그래서 그런지 난 달을 보면 꼭 속는 기분만 들던데……"

"맙소사. 이 아가씨 말하는 것 봐. 거기 가서 메마른 땅만 봤든, 이상한 광석 조각만 주워 왔든, 어쨌든 지금 내게 보이는 아름다움이 중요한 거 아니야? 그렇지 않으면 모든 게 까발려진 세상에 남아 있는 아름다움이 하나도 없게?"

"별걸 다 걱정하네. 아무리 그래도 사람들은 별별 희귀한 걸 다 만들어내는걸. 요즘 디지털 기술이 어느 정도인데…… 저런 달이 댈 거야?"

따지고 보면 연인들 사이에 흔히 있는 단순한 말장난이었는지 모른다. 또 여자들이 그렇듯 남자가 뭔가 으스대는 것 같을 때 괜히 엇대는 앙탈인지도 모른다. 그런데도 남진태는 그날 알 수 없는, 그러면서 좀체 잊을 수 없는 무거운 기분을 안고 돌아왔다. 그날 이후 그는 달이 뜨는 밤에 요트를 타면 그날이 떠올라 아릿한 슬픔에 잠겼다.

선실에서 올라온 의사가 싱글대며 서진에게 말했다.
"눈이 예쁘십니다."
서진의 합류로 웃음이 많아진 건축사가 말을 바로잡았다.
"어허. 미인에게 실례를. 눈만 예쁘지는 않지."
의사가 모르는 척 물었다.
"요트 조종 면허를 준비하는 모양이죠?"
서진이 난처하게 웃기만 하자 선장이 대답을 대신했다. "그건 아니고. 그냥 대한해협을 지나오고 싶답니다."
"낭만이 넘칩니다."
의사는 목소리를 키우며 과장된 몸짓을 보였다. 조종실은 서진으로 인해 아연 활기가 돌았다.
진태는 큰소리를 지르고 싶었다. '낭만이요? 잘못 아셨습니다. 독한 여자입니다.' 그는 불온하게 솟아나는 목소리를 속으로 삼키고 후미에 있는 의자로 물러났다.
10개월 전에 그들 둘은 카페에 앉아 있었다. 갑작스러운 서진의 연락을 받자 그는 조바심이 났다. 평소와 다름없는 만나자는 말인데도 어감이 여느 때와 달랐다. 이상한 일이었다. 그는 강도가 높아지는 불안감을 다스리며 그녀를 기다렸다. 속눈썹이 긴 서진의 큰 눈은 여느 때와 달리 강한 기운에 차 있었다. 그건 눈 자체의 변화이기보다 눈꺼풀과 눈 주위의 근육 움직임 때문인지도 몰랐다. 무엇 때문이든 그녀의 표정은 단호했고 얼굴은 경직되어 있었다. 그녀는 급한 물건을 제때에 배달해야 하는 것처럼 말을 서둘렀다.

"언제까지 프리랜서로 뛸 거야?"

서진의 첫마디에 그는 벌써 맘이 상했다. '언제까지'라니? 그는 업계에서 자신의 전문성을 인정받고 있었다. 문학이나 경제 경영서처럼 한 부문에 집중하는 번역가와 달리 그는 거의 모든 분야를 해낼 수 있었다. 그는 출판사와 번역 회사가 책이나 잡지 검토를 의뢰하면, 종류를 가리지 않고 오래지 않아 보고서를 보냈다. 보고서에서 예정작의 장단점을 짚고, 때로는 출판했을 경우의 반응도 정리했다. 그의 예언은 결과와 그다지 멀리 떨어지지 않았다. 그는 모든 면에서 성실했고 일거리는 끊이지 않았다. 물론 그의 일거리가 따뜻하고 넉넉한 미래를 보장하지는 않았다. 그러나 그에게 미래는 걱정하기엔 지나치게 먼 곳이었다.

"정규직이 아니잖아. 그건 늘 불안하고 불편해." 진태는 만나자마자 험한 말을 마구 들이미는 서진 때문에 어리둥절했고 어이가 없었다. 그는 서진을 똑바로 쳐다보았다. 서진은 의지력이 강하고 남에게 기대기를 싫어하는 성격이라 의외이기도 했다. 그녀의 크고 아름다운 눈은 그대로였지만, 흉한 그림자가 어른거려 탁하게 느껴졌다. 서진이 농담하는 거겠지, 하는 잠깐의 희망 섞인 짐작은 곧 사라졌다. 그는 미소를 지어보려고 했으나 불가능했다. 진태는 숨을 크게 내쉬고 솔직하게 말하기로 작심했다.

"무슨 일이라도 생긴 거니?"

"무슨 일이라니?"

진태는 잠시 망설였다.

"친척에게 괜찮은 남자를 소개받았거나. 그쪽에서 호감을 느끼고 만남을 서두른다는. 뭐, 그런." 그녀의 눈에 묘한 빛이 어른거리더니 차갑게 웃었다.

"나를 그런 여자로 본다는 거야?"

"정규직, 어쩌고는 대놓고 할 말이 아니지."

"여자가 오래 만난 남자에게 안정된 직장을 원하는 게 잘못이야?"

잘못은 아니었다. 번역 분야는 프리랜서로 일하기에 적합했다. 넘쳐나는 번역가를 전문직으로 채용하는 직장이 도대체 어디에 있을까? 설령 있다고 한들, 그런 자리는 비집고 들어갈 틈 없이 꽉 차 있기 마련이었다. 그건 초등학교 교사인 그녀도 잘 아는 사실이었다. 서로가 입에 올리지는 않았지만, 그가 정규직으로 일하기 어려운 상황은 자연스럽게 공유하는 현실이었다. 남진태는 적어도 그렇게 믿어왔다. 그러니 서진의 주문은 생트집에 가까웠다. 그는 갑자기 피곤해졌다. 윗옷이 무겁게 느껴지며 그를 내리눌렀다. 커피 잔을 입으로 가져가다가 문득 역겨운 냄새를 맡곤 손에서 내려놓았다. 그를 녹초로 만든 몇 분의 대화로 몸을 꼼짝하기조차 힘겨웠다.

진태는 자신이 번역한 많은 책에서 이와 비슷한 상황을 경험했다. 그는 갑자기 주인공의 뒤통수를 때리거나 예기치 않은 불행으로 몰아가는 작품의 전개가 비현실적이거나 과장되었다고 생각했다. 그러면서 냉정하게 알맞은 조치를 취하는 주인공을 성원하고, 울기만 하거나 불행의 무게에 눌려 파멸하는 주인공을 경멸했다. 작품의 사건이 현실에서도 일어날 수 있었다. 현실의 사건이 작가의 상상력으로 윤색되어 작품으로 옮겨왔을 수도 있었다. 단지 자신에게 그런 일이 느닷없이 터진다고는 생각지 않았을 뿐이다. 그는 길게 숨을 내쉬었다. 그녀의 깊고 검은 눈은 미동 없이 그를 지켜보고 있었다. 여러 상상과 예측이 가지를 뻗어 나가다가 한줄기로 정리되었다. 그녀의 태도와 어조와 몸짓과 요구가 한 방향을 지시하고 있었다. 그건 일방통행로였고 비열했다. 그는 몇 년의 만남을, 숱한 설렘과 추억으로 그려진 그림을, 단번에 단색으로 칠해버리는 여자에게 비굴해지고 싶지 않았다. 그가 번역했던 소설에서 그는 그렇게 행동한 주인공을 늘 응원했다. 그런 주인공들은 두루뭉술하게 질문을 돌리지 않았다.

"더 만나기 싫다는 말이야?"

그녀는 눈을 한 번 깜박이고 시원하게 맞받았다.

"그래."

"직장을 그렇게까지 중요하게 여길 줄은 몰랐는데."

"그랬다면 착각이야."

"추억이나 약속을 몽땅 팽개칠 만큼?"

서진은 더 무슨 말이 필요한가 하는 눈빛이었다. 그녀는 전혀 물러서지 않고 고개를 빳빳이 세워 그를 쏘아보다시피 했다. 앙칼지고 도전적이었고, 오히려 그를 나무라는 듯한 자세였다. 그를 반하게 했던 긴 속눈썹은 그대로였다. 그는 서진의 속눈썹을 손으로 내리쓴 적이 있었다. 여자는 얼굴을 귀엽게 찌푸리며 눈을 감았다가 깔깔 웃었다. 그게 어디서였더라? 제주도에서 다랑쉬오름을 오르고 난 뒤, 해변의 카페에서였던가?

대화는 그가 번역한 소설에서보다 신속하게 진행되었다. 그는 서진에게서 고개를 돌렸다. 가슴이 텅 비었고, 빈 공간이 차차 머리로 올라가서 이내 머리도 텅 비었다. 그는 가장 멋지게, 상처받지 않은 자세로 실패를 마무리 지은 주인공을 떠올렸다. 입을 딱 벌린 어둠 속으로 그 주인공은 휩쓸려 들어가서 나타나지 않았다.

피가 식어갔다. 매일 잠이 들면 피에 들어오는 얼음의 양이 많아지는 걸 느꼈다. 피는 무거워지고 뻣뻣하게 굳어서 천천히 몸을 돌았다. 심장이 헉헉대며 굳어진 피를 억지로 밀어냈다. 내일 아침에도 눈이 떠질까? 진태는 한 점 의심 없이 내일은 눈을 뜨지 못하리라 생각했다. 그러나 어김없이 다음 날 눈이 떠졌고, 얼음장으로 굳은 몸이 삐걱대며 돌아갔다. 세상은 힘든 그에게 별 관심을 보이지 않았다. 지하철 승객은 서로를 밀치며 붐볐고, 여전히 많은 사람이 카페에서 밝은 얼굴로 커피를 마셨다. 심장은 힘겹지만 의무를 다하고 있었다. 그는 가끔 심장에게 물어보았다. '어이, 괜찮은 거냐. 정 힘들면 쉬어도 돼.' 심장은 가쁜 숨을 몰아쉬며 대답했다. '아직은 괜찮아.'

"야. 진태야. 너 왜 요새 번역이 매끄럽지가 않아."

"왜요. 선배. 뭐가 잘못되었나요."

"번역이 말이야. 그게 글이고 말이거든. 너도 잘 알잖아? 사람의 숨결이 녹아드는 거야. 그런데 때깔이 좋지 않아. 뽀대도 나지 않고 말이야. 예전의 네 번역은 윤기가 자르르 흘렀는데 말이지. 누가 죽기라도 했어? 아니면 실연이라도 했나?"

진태가 선배를 물끄러미 쳐다보았다.

"야, 농담이다. 뭘 그렇게 살벌하게 보냐? 한 대 치기라도 하겠다."

열 달이 흘렀다. 진태는 먼 바다로 나갈 채비를 갖추고 있었다. 오키나와까지 열흘쯤 걸리는 장거리 요트 투어에 동승하기도 했다. 하와이를 건너 샌프란시스코까지 태평양을 건널 계획이었다. 요트로 그곳을 다녀온 한 선배는 보름 동안 무엇도 마주치지 않고 망망대해를 지난다고 말했다. 그 후에 샌프란시스코에서 타히티를 목표로 항해할 생각이었다. 어느 출판사가 그의 유랑을 담은 책을 내기로 하고 약간의 경비를 지급하기로 약속했다.

바쁠 것도 없으니 그 뒤로는 대만과 태국과 말레이시아 같은, 동남아를 둘러볼 생각이었다. 몇 해가 걸릴지 모를 여정이었다. 어쩌면 세계의 항구를 돌아다니는 방랑의 길을 멈추지 않을지도 몰랐다. 그는 여자가 무서워졌다. 아니, 모든 약속을 산산이 부수는 사람이란 존재 자체가 공포스러웠다. 사람이 들어앉은 커피숍도, 식당도 두려웠다. 그는 사람이 많은 장소를 피하고 있었다. 인간이 발을 딛고 사는 육지란 곳에도 정이 떨어졌다. 그는 배를 타고 드문드문 사람들이 떠다니는 먼바다에서 가슴에 생긴 빙벽을 녹이기로 작정했다. 그리고 다시 육지로 돌아오리라.

그를 아끼는 출판사 편집국장은 걱정을 털어놓았다.

"이 바닥을 오래 떠나면 돌아와도 회복하기 힘들어. 실력 좋다고 금방 자리를 잡을 것 같지? 그게 그렇지가 않아. 번역가와 출판은 부부 사이와 같아. 오래 별거하면 같이 합치기 싫어지지. 혼자 사는 게 몸에 익어버리거든."

진태는 묵묵히 듣기만 했다. 그는 돌아오고 난 후에 번역 일이 어떻게 될지 관심이 없었다. 어떻게 되든 남의 일처럼 여겨졌다. 그는 장거리 항해용 크루저 요트를 봐두었고, 머지않아 구입할 계획이었다. 선저를 청소하고 풍력 발전기를 달고 레이더를 점검할 일정이 빼곡했다.

선장이 서진에게 진태를 소개했다.

"이쪽은 곧 대양 항해를 떠나는 사나이 중의 사나이입니다."

선장은 멋진 총각이라며 먼저 너스레를 떨었다.

서진은 고개를 까딱 숙이고 손을 내밀었다. "반가워요." 서진은 놀라지도 당황하지도 않았다. 그러고도 남을 여자였다. 진태는 속으로 침을 뱉고는 서진과 악수했다. 33피트 요트에서 피할 곳은 없다. 우리는 처음 만난 사이에 불과하다. 하루만 꼬박 요트에서 지내면 될 뿐이다. 그냥 조용히 시간을 흘려보내면 된다. 요트장에 도착하면 잔교를 따라 무덤덤하게 걸어가면 그만이었다. 사람이란 그런 연기에 능숙하지 않은가. 선장이 스마트폰으로 기상을 확인했다. 파도와 바람은 나쁘지 않았다. 선장이 말했다. "다섯시에 출발합니다. 십 분 남았습니다." 진태는 선착장에 맨 로프를 풀고 요트로 뛰어올라 측면에 내려진 휀더를 걷어올렸다. 타륜을 잡은 선장이 요트를 후진시켜 방향을 잡고는 휘파람을 불면서 전진 기어를 넣었다.

요트는 시모노세키 항의 긴 수로를 빠져나갔다. 바다는 컨테이너 상선과 상선으로 어지러웠다. 옆의 일본 상선에서 도선사가 사다리를 타고 이동용 배로 내렸다. 멀리 보이는 공단 지대를 뒤로하고 항을 빠져나가면서 진태는 메인 세일을 올렸다.

선장이 올라가는 세일을 가늠했다.

"윈치를 더 돌리고. 조금만 더, 됐어."

"헤드 세일도 풀까요?"

"아냐. 바람도 없는데. 천천히 가봅시다."

항의 출구까지 항로를 표시하는 부표가 길게 이어졌다. 외해로 나가자 요트들의 간격이 넓어졌다. 촘촘했던 배들의 대열이 펼쳐졌다. 세일을 활짝 올린 요트가 몇 척 지나갔다. 상선과 컨테이너선과 여객선들이 멀어지면서 자신의 갈 길로 빠졌다. 건축사가 도시락을 콕핏에 풀었다. 그는 조타대에 붙은 식탁을 펼치고 기둥의 고정 장치를 식탁에 걸었다. "모두들 드십시다." 그는 선장에게 소리쳤다.

"선장님은 특식으로 구했습니다."

조타 휠을 잡은 선장이 넉살 좋게 말을 받았다.

"당연히 그래야지. 똑같으면 배를 돌려버리려고 했지."

선장이 조타를 자동으로 방향을 잡는 오토파일럿으로 바꾸고 식탁에 앉았다.

"내 오늘 건축사 선생에게 선심 썼다. 초짜는 갑판에서 망봐야 하는데, 밥도 사 오고 해서, 자리에 끼워준다."

"아이고, 선장님. 감사합니다."

건축사가 엄지를 치켜들면서 진태에게 물었다.

"어디 많이 다녀봤어요?"

진태 대신에 선장이 대답했다.

"제법 다녔지. 가거도에 오키나와까지." "가거도만 해도 상당히 먼데요." "그렇다니까, 고참이지." "이 요트를 산다는 선주는 누구죠?" "부산의 병원장. 고향이 통영이라서 슬슬 연안을 다녀보겠다고 하네." "아, 좋지요. 근데 가까운 남해만 다니기는 배가 아깝지 않습니까?"

선장이 속도계를 확인하며 말했다. "아, 배가 좋기는 한데 원양 항해용은 아니야. 풀 킬이라야 풍랑에도 듬직하지. 이 친구가 곧 태평양 항해용 배를 구입할 거야."

건축사와 의사의 눈이 진태에게 쏠렸다. "언제 출발하려고요?" "10월쯤에요." 그는 서진이 듣지 못하도록 나직하게 말

했으나 건축사가 목소리를 올렸다. "올해 10월? 얼마 남지 않
았네요." "네. 미적미적하면 발을 떼지 못할 것 같아서요."
선장이 거들었다. "맞아. 대양 항해는 우물쭈물하면 못 나가.
그냥 질러버려야지." "그러면 준비가 만만찮을 것인데?" "그
럼. 장비하고 배 손보는 것만 석 달은 잡아야지. 엔진 수리도
익혀야지. 태평양 가운데서 엔진이 딱, 서봐. 바람만 기다리
다가는 반 미쳐버린다니까."
　"꼭 직접 겪은 것처럼 말씀하십니다." "어허. 내가 직접 당
했다니까. 씩씩하게 돌아가던 볼보 엔진이 서버렸는데 부품
이 없는 거야. 필리핀까지 1,100킬로를 배를 돌려서 왔다니
까." "세일로만요?" "그럼." "하여튼 뱃사람은 허풍이 심하
다니까요. 그게 표류지, 뭔 항해에요?"
　서진은 진태가 태평양으로 나간다는 소리에도 고개를 돌리
지 않았다. 그녀는 얄미울 정도로 조용히 새우튀김을 입에 넣
고 오물거렸다. 깔끔하게 식사하는 버릇은 여전했다.
　어둠이 깔리기 시작했다. 바다를 달리는 배들이 일제히 항
해등을 켰다. 배들은 드넓은 바다로 사라지면서 한 점 불빛으
로 줄어들었다. 선실 가득히 휘황하게 불을 밝힌 여객선이 지
나갔다. 여객선이 요트를 뒤로하고 멀어지면서 바다에는 어
둠이 차올랐다. 요트 선수에 켠 초록과 홍색의 항해등 불빛이
파도에 깔렸다. 꽉 찬 달이 수평선에서 달콤하게 떠올랐다.

구름 몇 조각만이 떠다니는 밤하늘은 만월에게 흔쾌히 자리를 내주었다. 달빛은 한달음에 요트까지 달려와 선미에 걸터앉았다. 파도가 달빛을 잔잔하게 빨아들여 젖빛의 긴 궤적을 만들었다. 배는 꼬리에 반짝이는 은빛 자국을 길게 달았고, 환한 달빛에 눌려 기운을 잃은 밤하늘 별들이 성글었다. 항해등을 단 선박들은 제각기 자신의 항로를 달렸다. 마침내 진태가 탄 요트 한 척만이 덩그렇게 남아 바다를 독차지했다. 진태는 헤드 세일을 천천히 풀었다.

요트는 점점 달빛과 밀착했다. 뱃전에 찰싹이는 파도 소리와 돛에 안기는 바람 소리만 허공에 가득했다. 그르렁 울리는 엔진음조차 사라지면 요트는 달빛에 덮여버릴 것만 같다.

"오늘 달이 굉장한데요." 의사가 말했다. 그는 손대중으로 달을 재보더니 오늘이 보름 다음 날인데 어제보다 커 보인다고 자신했다. "이상하지 않습니까?" 선장이 흘깃 달을 쳐다보더니 말했다. "그게 뭐가 이상해. 보름달의 크기야 그때그때 다르지. 보름에 달이 클 수도 있고, 그다음 날이나 전날이 더 클 수도 있다니까. 달이 타원으로 지구를 돌잖아. 근데 우리는 태양 빛에 반사되는 달을 보는 거지. 우리가 달을 바로 보는 게 아니라니까. 지구도 태양 주위를 돌거든. 그래서 보름이라고 해서 딱 떨어지게 지구와 거리가 가까워지는 게 아닌 거지."

건축사가 선장의 말을 제 방식대로 정리했다. "지구와 달은 사람처럼 서로를 당기면서 조금 더 멀어졌다가 때로는 조금 더 가까워졌다 하는 거죠." 의사가 건축사의 말에 감탄했다. "야, 멋있다. 네가 그런 감성 있는 말도 다 하고. 바다가 좋기는 좋다." "이 자식이! 넌 몰랐냐. 내가 가슴에 늘 달을 품고 사는 사람이다." "알았다. 몰라봐서 미안하다."

건축사가 말없이 앉아만 있는 서진에게 말을 건넸다. "실례지만 뭘 하시는지." 서진은 손으로 머리칼을 걷으면서 답했다. "초등학교 교사인데 잠시 쉬고 있습니다." "쉬면서 무슨 계획이라도?" "박물관의 전시품에 미술관의 그림. 호수에 제주도의 오름까지. 눈에 담아두고 싶은 것들이 많더라고요." "국토 순례에, 문화 탐방까지 대단합니다." 건축사가 의사에게 말했다. "들어봐라, 자식아. 시간 나면 문화적으로 좀 살아라. 골프만 냅다 치지 말고." 의사가 대뜸 반박했다. "온라인 바둑으로 날 새우는 넌 어떻고. 의자에 박혀서 꿈틀대지도 않고 말이야. 나는 걷기라도 한다."

바람이 획 불면서 너울이 일었다. 배가 휘청하며 옆으로 누웠다. 돌풍 같은데. 선장이 고개를 빼고 앞을 내다보았다. 마스트의 잠잠하던 풍향계가 빠르게 돌아갔다. 갑자기 헤드 세일이 터지는 소리가 나며 격하게 바람에 펄럭였다. 헤드 세일과 연결된 섀클이 나간 모양이었다.

선장이 선수로 뛰어나가며 손짓하자 건축사와 의사가 재빨리 메인 세일을 감아들었다. 선장의 뒤를 달려간 진태는 펄럭대는 헤드 세일을 잡아끌었다. 다행히 세일은 그다지 많이 찢어지지 않았다. 선장은 헤드 세일을 로프로 묶어 응급조치를 했다.

"먼 길이 아니니까 일단 메인 세일로 운항해야겠다. 돌풍이야 불다가 그치겠지."

선장이 헤드 세일 기둥을 잡고 평소의 그답지 않은 자세로 진태의 귀에 입을 댔다. 진태는 세일 수선 요령을 말하는 줄 알고 귀를 기울이며 집중했다.

"쟤 말이야, 쟤!" "예? 누구?" "저기 아가씨 말이야. 전에 본 적 없어?" "네? 무슨 말이죠?" "아, 뭐, 너를 짝사랑하거나 흠모하는 애 아니냐 말이야." "아뇨. 모르겠는데요." "이봐, 우리 카페가 뭐 흔한 취미 모임도 아니고. 시모노세키까지 딱 맞춰서 어찌 찾아왔느냐 말이다. 더구나 요트 면허 따는 실습도 아니잖아." "아니, 그럴 수도……" "야야, 머리를 잘 돌려봐라. 내 말 맞다. 널 보러 온 거라니까."

진태는 선장의 멱살을 잡고 외치고 싶었다. '네. 아는 여자 맞습니다. 모진 애죠. 쟤가 얼마나 이기적인지 말해드릴까요.' 그는 혀끝까지 튀어나온 말을 삼켰다. "아뇨. 전 정말 모르는 여자라니까요." "어허, 참. 좀 있어봐라."

만월은 하늘 높이 휘영청 솟아올랐다. 은화로 박힌 달은 지나가는 옅은 구름을 벗어나면서 더욱 초롱초롱한 얼굴을 내밀었다. 은빛 비늘이 파도 위로 튀며 하얀 반점을 만들었다. 의사와 건축사가 동시에 탄성을 올렸다.

"날이 너무 좋습니다. 바다는 반나절 사이에도 뒤집히는데 말입니다. 누가 출발 날을 잡았어요?" 타륜을 잡은 선장이 기분 좋게 고개를 끄덕이며 진태를 가리켰다. "어제 일본 내해를 당겨서 달려온 덕분이지. 시코쿠에서 잤으면 어림도 없지."

서진은 은색이 감도는 바다를 조용히 지켜만 보고 있었다. 가끔 고개를 돌려 하늘을 보고는 다시 요트의 선수와 측면에 시선을 모았다. 미소가 담긴 얼굴이었지만 누구와도 시선을 맞추지 않았다. 그녀의 눈에 담겼을 만월을 떠올리자 진태는 달이 불쾌해졌다. 둥근 달이 누구에게나 고르게 달빛을 나눠 준다는 것은 아무래도 불공평했다. 서진에게는 으스름 달빛 몇 조각이거나 캄캄한 어둠이 적당하리라.

서진이 일어서서 선실 위에 달린 핸드 레일을 붙잡았다. 몸을 돌려 콕핏의 좌석에 다가왔다. 그녀가 바다에 깔린 달빛을 보더니 좌석에 앉을 몸짓을 하고는 그만 진태의 무릎에 앉아 버렸다. 요트가 너울에 걸렸는지 흔들리면서 서진은 제대로 주저앉고 말았다. 그는 엉겁결에 서진의 몸을 안아버렸다. 그녀의 팽팽한 엉덩이가 무릎을 눌렀고 손에 그녀의 가슴이 스쳤다. 진태는 양발에 힘을 주고 몸을 튕기면서 곧추세웠다. 서진의 짧은 비명이 울렸다. 떼어내려면 밀치거나 안아서 옮겨야만 했다. 그는 흔들리는 배에서 서진을 밀어내려다 몸을 더 죄면서 제대로 서진을 안고야 말았다.

선장과 의사와 건축사가 동시에 그들을 바라보았다. 서진이 황급하게 말을 뱉었다. "옆이 잠깐 보이지 않아서." 그녀는 귀중한 비밀을 들킨 사람처럼 진태보다 더 당황하고 있었다. 건축사가 말했다. "우리가 총각 처녀들에게 기회도 안 주고, 눈치 없게 조종실에 붙어 앉아서. 이래서 되겠어요?" 선장과 의사가 동시에 웃음을 터뜨렸다. 서진이 울듯이 변명했다. "그게 아니고요." "선실로 내려갑시다. 조니 워커 딱 반 병만 비웁시다. 반병은 마셔야 눈치가 좀 붙으려나!" 선장이 선실 계단의 손잡이를 잡고 진태에게 눈을 찡긋했다.

어쩔 수 없이 진태는 타륜을 잡았다. 항로는 대마도의 동북단 끝쪽을 지나서 부산 태종대 방향이었다. 그는 나침반과 수심계를 들여다보았다. 모두가 평온했다. 긴 너울이 밀려오고 밀려가면서 배는 몸을 부르르 떨었다. 서진은 오도카니 좌석에 앉아 시선을 바다로 향하고 있었다. 만월은 그들을 잘 보기 위해서인지 달빛을 아낌없이 요트로 쏟아부었다.

진태는 타륜을 움켜쥐었다. 손아귀와 팔뚝에 힘이 들어갔다. 달이 미소를 흘리면서 권하고 있었다. '안부는 물어야지. 잘 있었냐고가 어때? 아니면 좋아 보이는데도 괜찮지. 그 정도 인사는 해야지? 이별 후에도 예의는 지켜야지. 정 그러면 내가 대신 말할게.' 그는 머리가 아파왔다. 볼보 엔진의 진동음이 머리를 울리면서 그를 재촉했다. 하지만 달에 지지 말아야 한다. 엔진을 끄고 세일로 달려볼까? 그렇다면 선실에서 떠드는 선장 일행을 불러야 한다. 그들은 조종실에서 술판을 벌이고 짓궂은 농담을 해댈지도 몰랐다. 그는 힘써 머리에서 떠드는 소리를 몰아냈다. '예의는 무슨. 마지막 만남을 돌아보자고. 벌써 잊어먹었어? 빌어먹을. 인간은 망각의 동물이라니까.'

통통. 엔진이 크게 울렸다. 평소에는 부드럽게 돌아가는 볼보 엔진이 왜 저렇게 소리를 울리는지. 그는 입을 꾹 다물었다. 그래도 소용없어. 벌써 일곱 시간의 바다를 지났다. 시계는 0시를 넘어서 새벽으로 움직였다. 만월이 황홀하게 바다를 데우는 시간도 머지않았다. 오늘 오후에 수영만 요트장으로 들어가면 끝이다. 폰트에 배를 대고. 요트장에 널린 몸매 좋은 모터보트를 둘러보고, 고개를 푹 숙이고 잔교를 나서면 끝이다. 다시는 만날 일이 없을 것이다. 먼 태평양의 섬에서야 부딪힐 거리가 없겠지.

달빛을 파도에 적신 바다는 은밀하게 부풀어 올랐다. 바람이 잔잔하니 메인 세일의 텔 테일도 꼬리를 아래로 내렸다. 강풍이라도 불었으면. 혼자지만 메인 세일의 방향을 돌리는 택킹이라도 해볼까.

달이 아무리 유혹해도 소용이 없는 짓이다. 그는 천천히 손을 들어 관자놀이를 꽉 누르고 이마를 주먹으로 때렸다. 그의 노력을 흥미 있게 지켜보는 무례한 달이 짜증스러웠다. 선실에서 두런두런 술 마시는 소리가 들려왔다. 그러나 선실의 소리는 승강구 앞에서 멈춰서 뒤로 돌아가버렸다. 침묵은 점점 커져 조종실을 무럭무럭 채웠다. 침묵의 무게가 갑판에 차곡차곡 쌓여 마스트의 항해등까지 올라갔다. 그는 시간이 갈수록 무거워지는 침묵으로 배의 속도가 느려진 것 같았다. 진태는 숨이 갑갑해 기침을 올리면서 되뇌었다. 아무리 그래도 소용없었다. 그의 다문 입은 벌어지지 않을 것이다. 한 시간만 달리고 건축사와 교대를 해야지.

침묵은 서진이 먼저 산산조각을 내버렸다. 서진이 손을 들어 맞은편 좌석을 가리켰다.

"구멍이 났어."

그녀의 말 한마디로 정적은 쏜살같이 조종실에서 물러났다. 그는 자신의 귀를 의심했다. 뭐라고. 배에 구멍이 나다니. 말도 안 되는. 찢어진 세일 따위는 기침 한 번에 불과한 대형 재난이었다. 그의 활짝 열린 귀에 서진의 목소리가 분명하게 다시 달려들었다.

"구멍!"

진태는 침로를 고정하고 조타를 오토 파일럿으로 돌렸다. 그는 서진이 가리킨 요트의 측면으로 달려가 손으로 훑었다. 강화 플라스틱은 멀쩡했다. 바닥에도 침수의 흔적은 없었다. 진태는 쪼그리고 앉아 랜턴으로 조종실의 이음새와 좌석의 어둑한 부분을 샅샅이 돌려보았다. 배를 위협하는 자국은 없었다.

그는 서진의 목소리를 분명하게 들었다. 똑 부러진 자신감으로 찬 서진은 허튼소리를 할 여자가 아니었다. 바다 가운데에서 배에 구멍이 났다는 소리를 농담으로 던질 사람도 아니었다. 그런데…… 진태는 조종실의 모서리를 마지막으로 살피고 의혹에 차서 돌아섰다. 알지 못할 불안감이 달빛에 스멀거렸다.

서진이 일어나서 그가 잡은 핸드 레일을 붙잡았다. 서진과 진태의 간격이 바짝 좁혀졌다. 여자는 그의 시선과 어긋나게 비스듬히 섰다.

"망막이 고장 났어."

여자는 짧게 말하고 진태에게 고개를 돌렸다.

"물체에 구멍이 보여."

서진의 눈은 여전히 맑았고 아름다운 빛을 담고 있었다. 그는 귀에 들어온 말이 제대로 추슬러지지 않았다. 낱말은 들어왔지만 많은 갈림길에서 어디로 가야 할지 종잡지를 못했다.

그녀는 숨을 몇 차례 고르게 쉬고 말을 이었다. "사물의 외곽과 주변도 잘 안 보여. 카페에서 혼자 있는 사람 옆에 털썩 앉거나 무릎에 손을 대기도 해."

진태는 무서운 장면을 피하는 소년처럼 손을 이마로 올렸다. 뭔가 응대를 해야만 했다. 그러나 아직도 정돈되지 않은 머리는 자신이 생각해도 어눌한 말을 먼저 내놓았다.

"어디에 문제가 생긴 거야?"

"안구 뒤쪽, 망막의 중심부. 어둠 속으로 천천히 들어가는 병."

서진이 말을 슬쩍 고쳤다. "어둠보다는 암흑이 더 어울리겠네."

요트의 선체에 구멍이 나는 편이 낫지 않았을까. 1.5미터쯤의 파고라면 구멍을 틀어막고 배수 펌프를 돌리고 구조 신호를 보내면 너끈히 넘어갈 것이다. 난파를 당한다 해도 일본 해안 경비선은 재빠른 대처로 이름을 날렸다. 경비선이 오는 시간이…… 그는 현실로 돌아오기를 피하며 엉뚱한 상상으로 미끄러져 들어갔다. 그러면서 기억이 과거의 한 지점으로 그를 몰고 갔다.

'그러니까 발병한 때가?' 그는 서진의 눈을 들여다보았다.

깊고 수줍은 비밀을 간직한 눈이었다. 얼었던 심장에서 울컥 울컥 피가 도는 소리가 들렸다. 지난 10개월의 몇 장면들이 토막 나서 짧게 지나갔다. 그는 속으로 헤아렸다. 대변항으로 요트를 탄 날은 아니었다. 매정하게 만남을 거절한 시기도 아 닌 듯했다. 그날, 서진은 재빠르게 움직였고 행동은 흠이 보 이지않았다. 그렇다면 머지않은 시간이었다.

그는 한편으로 어리석은 자신이 혐오스러우면서 화가 났 다. 오늘 요트에서 세일을 올리고 바람을 점검하는 관심 정 도만을 기울였다면 그녀의 몸짓이나 목소리에서 색다른 뭔가 를 찾았을 터였다. 그는 애꿎은 휀더 줄을 잡아당기며 전방을 돌아보았다. 오른쪽 멀리 항해등을 켠 선박 두 척이 희미하게 움직이고 있었다.

선장이 올라왔다. 그는 양주를 마셔 조금 열이 오른 목소리 로 서진에게 말했다.

"바다가 잔잔하죠."

"네. 호수를 다니는 것 같아요."

"그래 보여도 대한해협이 우리를 쉽사리 보내주지는 않아 요. 여기가 북태평양 해역이에요. 대마도 못 미치면 돌풍이 불거나 혼을 한번 냅니다. 잠을 좀 주무시죠. 바다가 평안해 도 밤을 새우기는 힘듭니다."

"조금 더 바다를 보고요." 서진은 희미하게 말을 덧붙였다.

"달빛이 너무 좋아서요."

선장이 하늘을 올려다보았다. "그러시죠. 달이 오늘 대단합니다." 그는 슬쩍 진태를 흘려 보았다. "땅에서는 이런 분위기 잡는 달을 절대로 못 봅니다. 내 장담합니다."

선장은 분위기라고 말하면서 말을 잘 골랐다는 얼굴로 헛웃음을 쳤다. 건축사가 말했다. "좀 쉬지. 타륜은 내가 잡을게."

서진이 그의 옆에 붙어 앉았다. 그녀가 진태의 재킷 주머니로 가볍게 손을 넣었다. 자연스럽고 은근해서 진태 자신의 손처럼 느껴졌다. 진태는 그녀의 손을 꽉 잡았다. 그는 무슨 말을 해야 할지 난감했다. 서진의 손이 더워지자 그가 말했다. "구멍이 아직도 보여?" "응." 그는 멋쩍은 말을 했다. "구멍이 진짜로 나도 배는 침몰하지 않아. 요트가 보기보다 튼튼한 배야." "그렇구나." 서진이 몸을 붙였다.

"태평양을 돌 거라면서?"

"그래. 하와이 너머까지. 타히티와 인도양의 몰디브도 가볼 셈이야."

"거기 달은 여기와 다를까."

"그러게 말이야. 다를 것 같기도 하고, 아닌 것 같기도 하고. 어쨌든 하와이의 화산에서 만월을 보면 괜찮을 것 같아."

"그럴 것 같애."

"그거 알아? 만월의 바다에는 생물들이 생명의 씨앗을 마구 퍼뜨린대."

"그래? 정말 대단하다!"

"타하티의 언덕에서 보는 생명을 안은 달도 멋질 것 같고."

"응. 그래. 달을 본다는 건 황홀해."

"몰디브의 무인도에서 보면 더 황홀하겠지?"

서진이 까르륵 소리 높이 웃었다. "이제 그만해."

요트가 바람을 안아 속도를 냈다. 높이 솟은 달이 바다에 긴 하얀 길을 내었다.

그들은 열차의 봉인된 차량에 실려 왔다. 평소 곡물이나 고기를 운송한 것처럼 보이는 화차는 그 동안 싣고 내린 화물들이 오랜 열기 속에 메슥거리며 썩어가는 냄새가 짙게 배어 숨쉬기가 거북할 정도였다. 그들은 서로에 대해 아무것도 모른 채 짐들 사이에 또 다른 짐처럼 처박혀 밤새 열차의 시끄러운 쇠바퀴 소리를 들으며 알 수 없는 시간 속으로 끌려간다는 공포와 싸워야 했다. 열차의 틈새로 지나가는 도시의 건물이 보였고 밤이 되면서 이따금 한 무더기의 불빛이 나타났다 사라졌다. 불빛은 줄어들어 띄엄띄엄 이어지다가 마침내 먼 곳에서 희미하게 그들을 지켜보았다. 기차는 느린 속도로 레일의 진동을 전하며 줄기차게 어딘가로 달려갔다. 그들이 잡힌 내력은 다양했다. 저녁 식사 후 산책을 나왔다가, 담배를 사러 마트로 나가는 길에, 술집에서, 도서관에서, 혹은 무슨 행사장에서 잡혀 왔다. 장소는 다 달랐지만, 그들이 이곳 화물차에 끌려온 시간은 모두 정확하게 일치했다. 그들은 모두 하나같이 그곳에 끌려온 내력을 알지 못했다. 회색 제복을 입고 허리에 권총과 방망이를 찬 네 명의 감시인이 줄곧 그들을 감시했다. 감시인의 눈초리가 사나워서 서로 얘기를 나눌 엄두도 나지 않았다. 대체로 그들은 하나같이 양순하고 점잖은 사람들이었다.

이윽고 열차는 속도를 늦추며 바퀴가 레일을 깎는 금속음을 내지르고 멈췄다. 그들은 모두 스무 명이었는데 총기를 든 두 명의 감시인의 싸늘한 호령에 따라 열차를 내렸다. 이제 막 동이 트기 시작했지만, 밤새 공포와 불면으로 시달린 그들 눈에는 어디가 어딘지 도통 알 수 없었다. 다만 간이역으로 보이는 작은 역사와 그 뒤로 넓은 벌판이 보일 뿐이었다. 곧바로 세 대의 차량에 실린 그들은 이제 어느 정도 체념의 단계에 들어섰는지 차라리 무덤덤한 얼굴이었다.

그들이 도착한 곳은 산자락에 있는 군사 시설 같은 곳이었다. 마치 전쟁 때의 포로수용소 같다고나 할까. 수용소는 광장과 여러 동의 막사로 구성돼 있었다. 막사들은 중앙의 광장을 중심으로 네 개의 구역으로 나뉘었다. 공터 끝에 네 개의 망루가 있었고 그 뒤로는 관목과 키 큰 나무들이 가로막아 바깥이 보이지 않았다. 그들은 커다란 철문으로 된 정문을 통과했다. 그 순간 모두 비명을 지르거나 주저앉는 요란한 소동이 일어났다. 바로 광장 중앙에 두 구의 시체가 매달린 교수대가 있었기 때문이었다. 시체는 노란색 줄무늬가 유난히 선명한 운동복 같은 것을 입고 있었다. 한 명은 몸에 맞지 않은 큰 옷을 입고 있어 교수대에 매달려서도 약간 바보스럽게 보였다. 둘은 바람에 기분 좋게 흔들리고 있어 그곳이 교수대가 아니었다면 재미있는 게임에 참여한 것처럼도 보였다. 높지 않은 교수대 옆에는 사람을 매달 때 사용한 것처럼 보이는 의자가 모로 쓰러져 있었다. 신음을 내며 가까이 지나가자 그것들은 사람을 닮은 인형이었다. 일행들 사이에서 안도의 탄성이 터져 나왔다. 인형이라 해도 사람들이 착각하게끔 정교하게 만들어진 그 모습은 꿈속의 한 장면처럼 비현실적이었다.

일행은 교수대 옆을 돌아서 막사로 끌려갔다. 감시병이 부르는 하나, 둘 구령에 맞춰 질서정연하게 발을 움직였다. 감시병이 앞장서 들어간 건물은 단층 벽돌 막사였다. 실내는 복도를 가운데 두고 양쪽에 침상이 있었다. 20명은 복도를 사이에 두고 나란히 마주 보는 침상에 앉았다. 10명씩 자신의 번호를 찾아 차지한 침상 끝에는 나무 책상과 의자들이 길게 맞붙어서 놓여 있었다.

감독관이 감시병 두 명과 함께 들어왔다. 그들은 이들 스무 명의 인원을 대수롭지 않게 여기는 것 같았다. 마음만 먹으면 스무 명이 두 명의 감시병과 한 명의 감독관을 간단히 제압할 수 있을 것 같았는데도 감시인은 전혀 그런 걱정을 하지 않았다. 일행들이 오랜 기차 여행과 공포로 이미 저항 의지를 상실했다고 판단한 것일까.

모두 들어라. 지금부터 입고 있는 옷들을 벗는다. 실시.

느닷없이 감독관이 명령을 내렸다.

뭐하나? 옷을 벗는다는 말도 모르나?

그들은 명령에 따라 재빠르게 옷을 벗었다.

케이는 이 모든 사태를 믿고 싶지 않았다. 감독관은 자신 앞에 선 무리를 무표정한 얼굴로 내려다보며 명령을 제대로 이행하는지 관찰하고 있었다. 케이는 그대로 서 있었다. 옷을 왜 벗어야 하는지 알 수 없었고 여기가 어딘지도 이해가 되지 않았다. 케이는 왜 수용소에 갇혀야 하는지 받아들이지를 못했다. 명령을 내린 푸른색 제복을 입은 감독관이 그를 날카로운 눈으로 지켜보고 있었다. 케이가 그냥 서 있자 감독관이 다가와서 지시봉을 창처럼 그에게 겨누었다.

자네는 왜 옷을 벗지 않나?

케이는 그의 반말이 불쾌했으나 제복을 입은 그에게 반항하고 싶지는 않았다. 케이는 조용하게 항변했다.

왜 벗어야 하는지 모르겠습니다.

감독관이 그런 어리석은 질문이 어디 있냐는 것처럼 고함을 질렀다.

왜라니. 바보인가! 옷을 갈아입기 위해서지.

그러자 케이는 그 이유야말로 충분히 이유가 된다는 듯 마지못해 옷을 벗었다. 그사이에 옷을 다 벗은 다른 사람들은 앞에 놓인 사각의 종이 상자를 뒤져서 자신에게 맞는 크기의 옷을 골랐다. 트레이닝복을 닮은 잿빛 상의와 하의에는 눈에 잘 띄는 노란 줄이 여러 개 붙어 있었다. 방은 순식간에 잿빛 옷을 입은 사람으로 찼다. 케이는 갑자기 자신에게 맞는 옷을 다른 사람이 다 가져가지나 않을까 조급해졌다. 걱정한 대로 중간 크기의 옷은 모두 사라지고 큰 옷만 남았다. 케이가 헐렁한 옷으로 갈아입자 자신의 모습이 우스꽝스럽게 보이지 않을까 걱정되었다. 그는 자신의 얼굴이 잘생기지는 않았지만, 독서와 사색으로 단련된 이지적인 품위를 갖고 있었다고 생각했는데, 그런 자신의 장점을 헐렁한 회색 옷이 망치지 않을까 염려스러웠다. 감시병이 카트를 끌면서 벗어놓은 옷과 신발을 담았다. 그사이에 감독관이 큰 소리로 말했다.

여러분은 지금부터 일절 질문을 해서는 안 된다. 만약 귀찮은 질문을 하면 교수대에 매달린 꼴이 된다는 걸 잊어서는 안 된다. 알겠나!

몇 사람이 우물쭈물 '예' 하며 대답을 했다. 감독관은 반응이 시원찮아 기분이 나쁜지 지시봉을 손바닥에 탁 때리며 더 큰 목소리로 말했다.

수첩, 담배, 먹는 것 따위를 갖고 들어가다 발각되면 엄중한 처벌을 받는다. 모두 이 상자에 버려라.

이번에는 케이도 아무 군소리 없이 고분고분해졌다. 옷을 갈아입고 소지품을 버린 일행들은 다시 제자리에 줄을 맞춰 앉았다. 기괴한 침묵이 실내를 답답하게 내리누르고 있었다. 곧 그들은 다른 장소로 끌려가 감금되었다.

사흘의 감금은 정말로 괴상한 경험이었다. 사방이 벽으로 막히고 안은 텅 빈 공간에 그냥 사흘을 놓아둘 뿐이었다. 내부는 옷과 같은 회색으로 온통 칠해져 있어 옷과 벽이 섞인다는 착시에 정신이 혼미해졌다. 하루에 한 번 아침에 철문이 열리고 물통이 들어왔다. 물통을 넣는 누군가는 귀찮다는 듯이 물통을 놓고는 곧바로 철문을 잠갔다. 단단한 시멘트벽의 천장 부근에 작은 환기구가 두 개 돌아가고 있었다. 케이는 영화에서 주인공이 환기구를 통해서 감옥이나 납치 장소를 탈출하는 수많은 장면을 떠올리고는 실소했다. 몸을 네 조각으로 나누면 가능하려나. 환기구를 통해서 나가느니 차라리 날아서 탈출하는 게 빠르겠군.

플라스틱으로 만든 변기 한 개만이 놓인 공간에서 하루 반이 지나자 일행들은 그들을 체포한 사람들의 목적이 자신들을 굶겨 죽이는 실험에 쓰는 것이 아닐까 의심했다. 해가 뜨고 짐을 방의 밝기와 느낌으로 알 수 있었다. 전등도 없고 의자나 종이쪽지 하나 없는 무의 공간이었다. 슬그머니 닥친 허기도 텅 빈 공간이 주는 무력감과 압도감에 힘을 쓰지 못했다. 두 사람이 철문 옆에서 기다리다가 물통을 집어넣는 손을 붙잡고 다급하게 물었다. 여기가 어딥니까. 우리를 언제 내보냅니까? 붙잡힌 손은 붙잡은 손을 고압 전류선이나 되는 것처럼 급박하게 뿌리치고 한바탕 욕설을 퍼부었다. 욕설 끝에 나온 마지막 말은 다시는 질문을 하지 말 것이며, 만약 또 질문을 하면 물통을 끊겠다는 소리였다. 기다려! 그냥 기다리란 말이야!

텅 빈 공간에서 해야 할 일도 없고, 보이거나 들리는 것도 없자 시간이 너무나 느리게 움직였다. 시간은 늪으로 고여 질퍽거렸고 수용자들은 늘어질 대로 늘어진 시간에 빠져 막 보낸 하루가 며칠은 되는 것 같아 기진맥진했다. 벽에 기대앉아서 밤을 새우는 몇몇 사람이 체포자들의 목적이 불순하다고 말하자 의심과 공포의 수치가 급속하게 올라갔다. 불과 사흘 사이에 사람들은 체포자들이 원하는 바가 무엇인지 알아내기 위해 신경을 곤두세웠고 전심전력을 다해 그들의 요구를 만족시키기 위해 노력할 자세를 갖췄다. 단지 굶주림과 공포가

주는 고통 때문만은 아니었다. 도대체가 기한도 없이 아무런 목적도 없이 뭔가를 시키거나 정보를 제공하지도 않고 사람을 그냥 붙잡아둔다는 것의 무의미함은 사람들의 의지를 질식시켰다. 마지막 날 감금이 풀리고 죽 한 그릇씩이 배급되자 그들은 수저를 놀리면서 누가 소중한 그릇을 빼앗아가지나 않을까 눈을 굴렸다. 그들의 얼굴에는 심지어 감사하는 표정까지 어렸다. 무엇보다 어떤 불안한 기다림이 끝났다는 것이 그렇게 기쁠 수가 없었고, 그 기쁨을 선사한 누군가에게 무릎 꿇고 감사하고 싶었다.

그들은 옷을 갈아입었던 단층 벽돌 막사로 옮겨갔다. 감독관이 손에 든 지시봉으로 침상을 딱딱 두들겼다. 수용자들은 모두 침상에서 내려와 자연스럽게 줄을 섰다. 그렇게 해야만 할 것 같았다.

여러분들은 모두 소설가들이다. 여기 소설가 아닌 사람 있는가?

그러자 그때까지 지켜오던 침묵이 일시에 깨어지면서 소동이 일어났다. 소설가, 모두 소설가 하는 소리가 솟아올랐다. 모두가 소설가라니? 소설가들을 이렇게 개떼같이 몰고 온 이유가 뭐란 말인가? 으응, 소설가들이 무슨 개떼냐고? 빌어먹을. 쉬잇, 조심해. 질문은 금물이랬잖아, 쉬잇. 그런 소동을 약간은 즐기듯이 바라보던 감독관이 천천히 지휘봉으로 침상을 후려갈겼다. 지휘봉이 울리는 소리에 공기가 차갑게 얼어 붙었다.

소설가는 무엇을 하는 사람인가?

감독관이 물었다.

작품을 쓰는 사람입니다.

모두가 한목소리로 대답했다.

그렇다. 여러분에게는 소설을 쓸 무한한 시간이 주어졌다. 여기는 축복의 공간이다. 앞으로 6개월 동안 그대들은 한 달에 두 편의 단편 또는 여섯 달에 한 편의 장편을 써야만 한다. 이건 명령이다.

소설가들은 서로의 얼굴을 쳐다보며 어수선했다. 어디선가 작은 목소리가 들려왔다. 지독하군. 강제 노동 수용소가 훨씬 낫겠어. 말도 안 되는 양이야.

술렁대는 소리에 아랑곳없이 감독관이 말했다.

여러분 개인의 책상에는 연필과 볼펜, 종이가 있다. 오늘이 7일이니 다음달 7일에 오겠다. 그때 여러분이 작성한 것을 내놓도록. 심사 위원단은 엄격하게 심사한다. 그리고 합당한 상벌을 내릴 것이다. 벌이 엄격하니 벌을 받은 다음에 후회해도 아무런 소용이 없다. 잊지 말도록. 우리가 많은 비용을 들여 너희의 삶을 연장하는 이유는 훌륭한 작품을 원하기 때문이다. 소설가의 명예와 자존심을 손상당하는 일이 없도록. 건투를 빈다.

그것으로 끝이었다.

감독관이 나가자 케이는 옆 침상의 제이와 얘기를 나눴다. 30대 후반의 눈이 크고 피부가 하얀 그는 무력한 목소리로 한탄했다. 힘들게 신춘문예에 당선됐는데 이런 저주의 공간으로 끌려오다니. 케이는 그가 당선된 신문의 이름을 듣고는 그에게 존경을 표했다. 대단합니다. 나는 다섯 번이나 그 신문사의 신춘문예에 응모했지만 모두 낙방이었습니다. 제이는 심각한 얼굴이었다. 이럴 줄 알았다면 글 대신에 치킨집이나 차릴 건데. 난 컴퓨터로만 글을 써와서 연필로는 쓰지를 못해요. 제이는 연필을 가져와서 손가락에 끼우고 우울한 얼굴로 감촉을 재보았다. 제이 오른쪽 자리의 엘은 의문이 가득한 얼굴이었다. 한 달에 단편 두 개 또는 여섯 달에 장편 하나라니, 그 많은 양을 모아 도대체 뭣에 쓴다는 거야. 어디 수출이라도 하나? 케이를 비롯한 그들은 낙담해서 발을 질질 끌며 책상을 살펴보았다. 책상에는 백지와 연필 두 자루, 볼펜 두 자루가 놓여 있었다. 이제는 책으로 출판되지도 않는 브리태니커 백과사전 세 질과 국어사전이 한쪽 책상에 나란히 꽂혀 있었다. 참고 도서로는 유일한 자료였다.

케이가 멍한 얼굴로 중얼거렸다. 머리에 들어오는 게 있어야 내놓을 게 있을 것 아냐. 작은 도서관은 있어야 글을 쓰지.

그날 밤에 모포를 뒤집어쓰고 눕자 다른 막사에서 온 수용자가 찾아왔다. 모두 그의 주위로 몰려들었다. 그는 이곳에 갇힌 지가 3년이 지난 고참이었다. 그는 눈빛이 맑았고 꼿꼿한 허리에 근육도 적당해, 적어도 이곳이 사람을 기아로 몰아넣지는 않는 증거로 보여 사람들은 안심했다.

다른 막사에는 누가 들어가 있습니까?

여자 소설가들과 고참들, 그리고 드라마 작가들이지.

어떻게 여기로 올 수가 있어요. 감시병이 총을 쏘지는 않습니까?

우리가 외곽의 철조망 밖으로 나가지만 않는다면 감시가 심하지는 않아. 이 안에서 돌아다녀봐야 그게 그거니까.

그럼 저기 여자 소설가 막사로도 갈 수 있다는 말입니까? 그 와중에도 낄낄대며 누가 물었다.

여자 소설가들 막사? 아, 거기는 안 가는 게 좋지. 며칠을 진흙탕에서 뒹군 돼지 꼴이니까. 환경이 나빠지면 여자들은 남자보다 빨리 지저분해져. 그쪽에서도 우리가 고기라도 한 냄비 들고 가면 모를까, 우리를 전혀 환영하지 않아.

여기는 어딥니까? 도대체 여기에 우리가 왜 끌려온 겁니까?

고참이 주목하라는 신호로 머리 위로 손가락을 세우고 말했다. 무엇보다 중요한 건, 쓸데없는 생각에 빠져들지 않는 거야. 여기가 어디일까? 우리가 왜 끌려왔을까 하는 의문은 대표적인 쓸데없는 생각이야. 아무리 고민하고 답을 찾으려 물어도 궁금증이 풀리지 않으니까. 나를 보게. 난 3년 동안 물어왔네. 그 질문에 빠져들어 미칠 대로 미쳐버려 생존을 포기한 동료들과 달리 다행스럽게도 난 그 질문을 멈췄네.

그럼 뭐가 중요합니까?

붉은 경고 표지판이 붙은 곳은 넘어가면 안 돼. 자동 감시 시스템인데 감시 카메라가 포착하면 망루에 장착된 총이 자동으로 발사돼. 철조망을 넘어도 공터에는 탈출을 막는 무서운 무기가 깔려 있어. 멧돼지를 잡는 덫에 걸려 죽으면 시체를 일주일은 그대로 놔두니까 까마귀들만 잔치를 벌이게 되지. 난 덫에 걸려 며칠이나 울부짖는 소리를 들었어. 비명이 어찌나 지독하던지 우리 막사의 모두가 며칠을 잠을 자지도 못하고 먹지도 못해 마침내 그의 숨이 멎으니까 오히려 안도감이 들 정도였지.

도대체 여기서 소설을 받아서 어디에 씁니까? 그리고 왜 이렇게 많은 양을 6개월 동안 받습니까?

고참은 반백의 머리를 쓰다듬고는 엄숙하게 말했다.

명심할 것은, 살아남아야 한다는 거야. 첫 6개월은 테스트 기간이고, 그 후에 작품을 심사한 심사 위원들이 매기는 점수가 바로 당신들의 목숨이야. 정해진 기준 이하면 바로 목이 매달려. 자비도 없고 다시 한 번 유예하는 기회도 없어.

세상에! 그럼 살아남은 사람들은요.

다음 막사로 옮겨가지. 거기서도 똑같아. 6개월이 지나서 일정 점수 이하의 소설가들은 모두 중앙 광장에서 목이 달려. 이미 봤잖은가. 그건 인형이지만 인형이 아니기도 하지.

모두 경악했다.

그런 말도 안 되는 폭력이. 끔찍한. 이런 수용소가 세상에 있다니.

그런 가운데서 조심스러운 목소리 하나가 물었다.

심사 위원단의 평가 기준이 뭔가요? 그들은 문장과 묘사를 중요시하나요? 아니면 스토리를 높게 치는지요?

그건 몰라. 심사 위원단이 어떤 기준으로 평가하는지를 모르지. 한 번도 들어본 적이 없어. 우린 그 사람들이 어떤 사람들인지 이름도 얼굴도 모르니까.

세상에나! 또다시 신음과 한탄이 터져 나왔다.

그럼 테스트를 통과한 사람들은 어디로 가는 거요? 그리고 언제 석방됩니까?

또 다른 막사로 옮겨가지. 그리고 거기서도 성적이 좋으면 마침내 언덕 위의 집으로 올라간다고들 하지.

거기는 어떤가요?

몇이 올라갔지만, 그곳이 어떤지는 말하기 어려워. 석방된다는 말도 있지만 확실한 건 아무것도 없어.

소설가들은 보이지 않는 언덕 위의 집 방향으로 고개를 돌리고는 길게 숨을 내쉬고는 고개를 숙였다. 그곳까지 갈 여정이 끔찍이도 멀게 느껴졌다.

누군가가 다급하게 물었다. 그럼 내가 쓴 작품은 내 이름으로 묶어서 출판하는거요? 그 작품들은 도대체 어디로 가는거요?

고참이 냉정하게 단언했다.

여기서 내 작품이란 없어. 우리 모두 번호밖에 없으니까.

우리의 작품은 밖으로 팔려나가. 밖으로 팔린다고요?

그렇지. 바깥세상에서 우리의 작품을 사서 자신의 이름으로 책을 내지. 책이 널리 알려지기도 하고 우리 이름을 빼앗은 저자가 유명 인사가 되기도 하고. 난 그렇게 들었어.

그 말이 소설가들에게 가장 충격을 줬다. 우린 그럼 산란닭 신세란 말이야? 끊임없이 알을 낳다가 용도가 다하면 처참하게 죽임을 당하는!

고참이 말했다. 대가가 전혀 없지는 않지. 바깥세상에서 책이 잘 팔리면 우리는 특식을 받아. 돼지고기 한 접시와 치즈케이크 두 조각, 감자 다섯 알, 사과 한 개 이런 식이야.

그런 말도 안 되는 값을.

고참이 분개한 누군가의 말을 막았다. 그거라도 없으면 영양실조에 걸려 버티지를 못하니까. 여기 식사를 한 달만 먹어본 다음에 밖으로 팔려 나간 작품의 값을 다시 산정해보게.

소설가들은 착취와 수고에 대한 형편없는 대가를 깨닫고 모두 우울에 빠졌다.

고참이 당부를 하고 자리를 떠났다.

명심하게. 최우선 과제는 살아남는 것이야. 난 벌써 3년 동안 막사에서 지냈어. 수많은 내로라하는 작가들의 목이 매달렸지. 바깥세상의 명성도 필력도 여기서는 아무런 소용이 없어. 꾸준히 끈질기게 오래 버티는 수밖에는. 어쩌면 수용소가 해방되는 날을 맞이할지도 모르니까.

해방! 그 한마디 말이 그들에게 빛을 줬다. 수용소에서의 해방. 그러나 언제 해방이 온단 말인가? 누가 수용소의 존재를 알기나 알 것인가? 탱크를 몰고 깃발을 휘날리며 수용소 문을 부수고 돌진하는 해방군이야 영화에서는 흔했다. 하지만 여기서야!

수용소에 소설가 말고 다른 직업군도 있습니까? 드라마 반이 있지. 그들에게는 특식이 자주 들어온다고 들었어. 아무래도 바깥세상에서 인기가 좋으니까.

그는 고참으로서 한마디만 더 하겠다고 말했다. 당신들은 문학이 뭐라고 생각하나? 그는 잠시 소설가들의 침묵을 기다렸다가 말을 이었다. 난 말이야. 무(無)에 대항하는 행진이라고 생각해. 백 년도 안 되는 삶에 비하면 소설이 잘되기만 하면 훨씬 오래가지 않는가 말이야. 우린 영혼의 산출인 작품을 통해서 우리의 목숨을 몇백 년, 몇천 년 더 이어나가는 거지. 『오디세이』나 『신곡』 『보바리 부인』을 보게. 하지만 그런 작품조차도 무시무시한 무의 공격을 막아낼 것 같은가? 우리 작품을 읽는 독자들도 머지않아 죽고, 도시도 몰락하고 나라도 때론 망하지. 우린 암흑의 우주 공간에 던져진 지구에 올라앉은 미물에 불과해. 바깥세상에서 소설을 써도 그 사실이 변하지는 않아. 그렇다면 이곳이나 바깥세상이나 큰 차이가 없지. 그럼 이만.

고참은 막사 문을 열고 어둠 속으로 사라졌다.

소설가 중의 한 명이 문을 열고 고참이 완전히 보이지 않자 말했다. 저 자식, 수용소의 첩자 같은데. 우리를 겁줘서 탈출을 못하도록 하는 거야. 덫에 걸려 죽는다고! 말도 안 되는 소리. 다른 사람이 대꾸했다. 맞아. 왜 여기까지 와서 친절하게 소개를 하겠어. 저 자식이 우리 작품을 훔쳐가는 놈일지도 몰라. 이번 소설가들은 어떤지 염탐을 하는 거지.

한 달이 지났다. 감시병이 들어와서 번호를 호명하고 작품을 거둬갔다. 두 달이 지나갔다. 소설가들에게 수용소는 축복의 장소가 아니라 저주의 공간이었다. 바깥에서 소설을 몇 권 내고 수상 경력이 있는 제이는 침묵에 빠져들고 무기력해졌다. 그는 아침에 칸막이가 나뉜 책상에 앉아서 종일 빈둥거렸다. 내가 쓴 작품을 다른 사람 이름으로 출판하다니 말이 돼?
밖에 나가면 그놈의 뻔뻔스러운 얼굴에 침을 뱉겠어. 더러운
놈들. 그러나 제이는 작품을 아직 한 편도 제대로 쓰지 못했
다. 제이가 걸린 무기력한 증세는 전염병처럼 퍼졌다. 멍하니
앉아서 연필을 굴리거나 브리태니커 백과사전을 건들건들 읽
는 사람이 늘어갔다. 책상에 앉아서 연필을 잡은 소설가들도
구상이 끊어지고 문장이 나가지 않아 지친 얼굴이었다. 무료
함과 권태가 막사를 감쌌다.

  음식 배급을 두고 싸움이 잦아졌다. 감시병은 하루에 두
번, 밥과 세 가지 찬을 실은 카트와 식판을 놓고 나가면서 배
급은 소설가들의 자율에 맡겼다. 식량은 늘 모자랐고 소설가
들은 허기에 시달렸다. 사람을 빼빼 마르게 하거나 흉측한 모
습으로 바꾸는 굶주림은 아니었다. 허기는 바람에 흩날리는
가을철 가랑비와 비슷하게 서서히 몸을 적셨다. 허기는 피부
아래로 가라앉아 가려움증처럼 온몸을 기어다녔다. 두 끼의
식사 외에는 아무런 간식이 없어 더 그렇게 느껴졌는지도 모
른다. 카트의 밥은 주걱으로 두 번, 찬은 수저로 한 번만 뜨는
것이 규칙이었지만 먼저 배급을 받는 소설가들이 듬직하게
뜨는 바람에 뒷사람에게는 밥과 찬이 얼마 남지 않았다. 배급
순서를 매일 돌아가면서 바꿔도 늘 많이 떠내는 몇몇 사람 때
문에 시비가 끊이지 않았다. 사흘에 한 알씩 배급하는 비타민

제는 개수가 분명해서 아무런 시비가 생기지 않았다. 소설가 몇몇이 감시병에게 싸움이 나지 않도록 밥과 찬을 개인 용기로 담아달라고 부탁을 하자 감시병은 경멸스런 표정으로 무시했다. 파렴치한 배식에 분통을 터트린 몇몇은 저따위 것들이 소설가라니 망신이야 하면서 욕설을 했다. 욕설의 대상이 된 사람이 시비를 걸어 서로가 주먹으로 치고받아 아까운 힘을 낭비하고 말았지만 싸움을 벌여서 상처를 입은 소설가들은 수용소에서는 아무런 치료를 하지 않는다는 더 놀라운 사실을 깨달았다. 몇몇 소설가들은 치통이 재발하지 않을까 두려움에 떨었다. 정신을 혼미하게 만드는 치통은 생각만 해도 끔찍해서 잇몸이 조금 쑤시기만 해도 곧 닥칠지 모를 상상의 통증에 떨면서 미리 고통을 겪었다. 지병이 도지거나 아플지도 모른다는 두려움이 사람을 더 무기력하게 만들었다.

몇몇은 소동 속에서도 책상에 앉아 글을 쓰려는 시늉이라도 해보았고 열심히 쓰는 몇몇도 있었다. 제트는 한 번도 책상에 앉지 않았다. 그는 자신의 몸보다 작은 사이즈를 일부러 골라 입었는지 상체와 하체의 윤곽이 두드러지게 튀어나온 옷을 입고 있었다. 그는 매일 아침 기상 종이 울리면 활동을 독촉하는 기상 종의 소음에 맞서 고함을 질렀다. 절대 안 쓸거야. 제트는 마지막 음절인 야를 악을 쓰면서 길게 끌었는데 그래서인지 고함이 끝나면 그 말의 인상이 흐릿하게 사라지면서 왠지 우스꽝스럽게 들렸다. 그는 하루 대부분을 침상에 누워 뒹굴었다. 누가 누워서 도대체 뭘 하느냐고 물으면 그는 추억에 빠져 지낸다고 자신 있게 답하면서 자신이 소일하는 방법의 우월함을 말해주곤 했다. 그는 매일 오전은 그가 먹었던 맛난 음식을 회상하면서 시간을 보냈다. 그는 냉면과 입안 가득한 보쌈과 깔끔하게 튀겨진 돈가스를 떠올리고는 하나의 음식을 실제로 그가 먹었던 시간만큼을 소비해서 음미했다. 보쌈을 먹으면 그는 손바닥에 채소를 올리고 수육과 새우젓과 김치와 절인 무를 하나씩 올리고 보쌈의 냄새와 모양을 음미하면서 천천히 입에 넣었다. 제트는 그런 공상에 너무 몰두한 나머지 실수로 수육이 손바닥에서 떨어지기라도 하면 바닥에 떨어지기 전에 낚아채기 위해 온몸을 들썩이며 움직였다. 그의 공상 속 식사는 치밀한 식사 준비와 놀라운 음미로 바깥의 식사보다 두 배의 시간이 걸렸고, 그런 식사를 끝낸 후에 그가 오후 5시에 받는 현실의 배식을 소화하는 것이 오히려 놀라웠다. 오후에는 색의 세계로 빠져들어 그가 상상할 수 있는 모든 종류의 음탕과 일탈을 즐겼다. 그는 수용소의 카사노바에다 사드 백작이었으며 때로는 수천 궁녀를 거느린 황제였으며 동성애자에다 마약에 취해 난교를 마음껏 저지르는 부자로 변신했다. 그는 공상에 너무 취해 나지막한 신음에다 격렬한 절정의 소리를 내지르기도 했고, 그럴 때면 책상에 앉은 소설가나 침상에 걸터앉아 가혹한 운명을 탓하는 자들이 이번에는 그가 어떤 쾌락에 빠져들었을까 추측하며 물끄러미 쳐다보았다. 어떤 이는 제트의 신음에 역겨움을 느끼며 그의 침상을 향해 슬리퍼를 집어 던지기도 했다. 제트의 뛰어난 상상력은 아쉽게도 식욕과 성욕의 경계선을 넘어가지 않았다. 그는 문학사에 남거나 노벨문학상을 받는 작품을 구상하거나 쓰는 공상은 꿈꾸지 않았다. 제트는 자신의 그런 마음 자세를 수용소에 저항하는 소극적이면서도 절대적인 저항이라고 불렀다. 시간이 흐르면서 그는 자신의 소극적인 저항을 넘어서서 적극적인 저항으로 나아갔다. 그는 파업의 당연한 결과지만 감시병이 작품을 거둘 때 작품을 전혀 내지 않았고 감시병에게 은근히 시비를 거는 지경까지 나아갔다.

제트는 그날 배식 카트를 밀고 들어온 감시병에게 감시병이 직접 배식을 하라고 요구했다. 그는 감시병에게 바짝 다가붙어 그 요구를 공식적인 언어로 전달했다. 그쪽에서 배식합시다. 우리에게 맡기니 자꾸 시비가 생겨요. 감시병은 무표정한 얼굴로 그를 쳐다보았다. 소설가들은 식판을 든 채로 격렬한 충돌이나 일방적인 진압을 예상하면서 그 둘을 조용히 지켜보았다. 감시병이나 감독관에게 요구 사항을 전달해서는 안 된다는 규칙을 들은 적은 없으나 암묵적으로 당연히 그래야 한다는 강압적인 분위기가 처음부터 자리 잡았다. 싸움이

나지는 않았다. 감시병은 키가 크고 강건한 몸으로 제트의 두 배쯤 되는 팔뚝의 굵기로만 따져도 신체적인 싸움의 승부는 이미 나 있는 상태였다. 감시병이 상의 안쪽의 포켓에 손을 넣자 제트도 움찔했다. 감시병이 주머니 속에서 대검이나 총을 꺼내, 아니면 성능 좋은 전기 충격기를 꺼내 제트를 무릎 꿇게 할까 싶었지만, 그가 꺼낸 것은 검은 선글라스였다. 감시병은 선글라스를 끼고 제트를 바라보더니 카트에 있는 밥과 찬, 국 상자를 땅바닥으로 뒤집기 시작했다. 줄을 선 소설가들이 놀라서 내지르는 아, 소리를 뒤로하고 감시병은 밖으로 나가버렸다. 소설가들이 달려들어 땅에서 찬과 밥을 건져 올렸으나 먹을 만한 것은 겨우 절반에 불과했다. 국은 바닥으로 스며들어 축축하고 역겨운 냄새를 막사에 남겨놓았다.

다음 날 제트는 어제보다 훨씬 낮은 목소리로 감시병에게 말을 건넸다. 속삭이는 목소리로 다른 작가들의 귀에 잘 들리지는 않았지만 아마도 어제 그렇게 심하게 밥을 엎을 필요는 없지 않으냐, 차라리 제트 개인에게 잘못을 물어달라는 말 같았다. 감시병은 아무런 대꾸도 하지 않고 검정 선글라스를 꺼내 쓰더니 어제처럼 음식 상자들을 뒤집어버렸다. 모두의 눈이 제트에게 쏠렸다. 막사의 소설가들은 제트가 감시병의 얼굴을 단방에 날리거나 멱살을 잡기를 기대하는 눈치였다. 그들은 둘이 엉켜서 치고받으면 제트를 도우려 나서겠다고 생각하는지도 몰랐다. 제트가 주먹을 쥐는 모습을 보며 제트가 상상의 세계가 아니라, 현실에서 자신의 존재를 힘과 폭력으로 과시하기를 바랐다. 그런 생각을 동시에 하면서 소설가들이 주먹을 함께 꽉 쥔 것 같기도 했다. 그러나 제트는 현실의 세계를 헤쳐 나가지 못하고 그저 멍하게 서 있기만 했다. 감시병이 나가자 말자 이런, 제기랄 욕설이 제트에게 쏟아졌다. 소설가들이 뛰어나가 엎어진 상자를 뒤적여 달걀부침과 김치와 어묵 조림을 하나씩 건져 올렸다. 바닥의 달걀부침은 먼지로 한 번 더 부친 것 같았다. 누군가 어묵 조림을 먹다 바닥에서 붙은 모래알을 함께 씹자 입을 감싸며 욕설을 했다. 소설가들은 쓸데없는 소리를 해서 식사 분위기를 망치고 양을 절반이나 줄여버린 제트에게 화를 냈다. 감시병은 그 후로도 다섯 번을 더 밥 상자를 뒤집었다. 그래서 막사의 소설가들은 감시병의 성질을 건드리면 일곱 번은 땅바닥에 버려지고 양이 절반이나 줄어든 밥과 찬을 건져내서 먹어야 한다는 규칙을 자연스럽게 그리고 고통스럽게 깨닫게 되었다.

　제트 개인은 그보다 더 중요한 규칙을 깨닫게 되었으나 그가 그 사실을 과연 알고 있는지, 아니면 어떻게 받아들였는지는 알 수 없었다. 배식 사건이 일어난 후 열흘쯤 지나서 아침 기상 시간에 제트의 모습이 보이지 않았다. 제트는 배식 사건 이후로 다가올 사건을 예감했는지 난 절대 쓰지 않을 거야 같은 고함을 지르지 않고 조용히 눈에 띄지 않게 움직였다. 제트의 자리에는 그가 던져놓은 구겨진 담요만 있었을 뿐 그의 증발을 증명하는 무엇도 남아있지 않았다. 동료들이 막사를 나가 그를 찾았고, 한 사람은 여러 번 고함을 쳐서 부르는, 어쩐지 고지되지 않았고 잘 알지도 못하지만 해서는 안 될 것 같은 규칙에 위배된 행동을 했으나 그는 나타나지 않았다. 그는 철조망 너머의 덫에 걸리지도 않았고, 광장의 교수대에도 없었다. 그는 어디로 간 것일까? 제트와 감시병의 마찰만 없었다면 귀신같은 탈출로 기억될 수도 있었을 제트의 갑작스러운 실종은 정반대로 감시병의 심사를 긁는 사소한 잘못에도 대가가 크다는 교훈을 모두에게 남겼다.

제트의 실종은 첫 신호였다. 석 달이 지나자 제이는 책상에 앉기를 거절하고 침상에서 일어나지를 않았다. 케이가 아무리 애원하고 협박을 해도 그는 누워서 희미한 웃음만을 짓고 있더니 48시간이 지나자 죽어버렸다. 죽음에 이르는 병이 막사를 휩쓸었다. 제이와 똑같이 책상에 앉기를 거절하고 침상에 누워서 빈둥대는 사람이 늘어났다. 그 증상이 발생하면 48시간 후에 어김없이 죽고 말았다. 침대에 누운 소설가의 얼굴에는 총살장으로 끌려가는 병사를 닮은 침울한 분위기가 짙게 배어 있었다. 침대에 멍하니 누워 천장을 바라보는 소설가는 자면서 잠꼬대도 하지 않고 악몽도 꾸지 않았다. 마지막이

다가오면 그들은 입에 거품을 물고 열에 들뜬 것처럼 고함을 지르고 손을 허공에 휘저으면서 어떤 단말마적인 증세를 보였다. 그들의 비명은 생살을 뜯어내고 인대를 끊어내는 고통처럼 처참했으나 몇 시간의 울부짖음 끝에 그들은 필기구를 다시는 잡아도 되지 않는다는 기쁜 사실을 음미하며 곧 다가올 종말을 예사롭게 맞이했다. 침대에 누워서 기상나팔을 들으면 그들의 심장을 밝히는 등불이 약해지기 시작해서 시간을 채우면 꺼져버리는 것 같았다.

몇몇은 스스로 중앙 광장으로 나가서 목을 매달았다. 그들은 조급해서 심사 위원단의 선고를 기다리지 못했다. 글을 쓰지도 못하고, 글을 쓸 여건도 아니며, 쓴다 한들 아무런 인정도 받을 수 없는 매시간은 그들에게 고문이었다. 그들의 정신과 마찬가지로 몸 역시 피를 모두 빼버리고 접착제를 주입한 것 같이 굳어갔다. 그들은 관절과 근육이 더 뻣뻣해지기 전에 교수대 밑에 놓인 의자에 올라가서 매달린 인형을 끌어내렸다. 손을 휘저어 요란하게 날아다니는 파리와 날벌레와 싸우며 그 옆의 구덩이로 인형을 끌고 가서 마치 그것이 진짜 시체라도 되는 양 구덩이 옆의 나무 창고에 쌓인 생석회와 흙을 끼얹고는 교수대로 돌아왔다. 그러고는 다음 시도자가 자신의 시신을 잘 처리해주리라는 기대를 안고 목을 매달고서 의자를 발로 걸어찼다.

감시병은 살아 있는 사람의 숫자를 헤아려 그 숫자만큼 줄어든 음식을 가져왔다. 누군가의 작품이 바깥세상에서 잘 팔렸는지 특식이 나오자 모두 덤벼들어 단숨에 해치워버렸다. 시간이 흐르면서 조금씩 쌓인 허기는 점점 그들을 강력하게 사로잡아 아껴두었다가 다음에 먹겠다는 생각은 떠오르지도 않았다. 그제야 그들은 고참의 특식이 없으면 오래 견뎌 내지를 못한다는 충고를 기억하고 몸서리쳤다.

케이는 꾸준히 작품을 썼다. 그는 감독관이 말한 공간의 의미를 생각했다. 바깥세상에서는 이렇게 글만 쓸 공간을 부러워했다. 이제 막상 그 공간이 주어지자 모두들 탈출하고자 안간힘을 썼고 불가능함을 깨닫자 죽어 나갔다. 케이는 밤에 전등이 꺼지면 암흑 속에서 자신의 작품을 도용한 그 누군가를 떠올렸다. 그들이 누구일까? 문학이라는, 이제는 장식으로서의 값어치도 떨어져버린 작품을 구매해서 출판하고 기념회를 열고 언론에 사진과 함께 허구의 창작 과정을 밝히는 사람은 도대체 누구일까? 바깥의 소설가들도 그런 작품의 구매에 동참하는 건 아닐까? 수용소가 그런 거래를 통해 얻는 이득은 보잘것없으리라. 소설가들이 죽지 않을 만큼의 하루 두 끼 음식과 낡은 옷과 침상을 받는 것은 수요와 공급의 법칙과 거래를 통해 얻는 가치를 따져보면 합당한 것처럼도 보였다.

케이는 자신이 떠나보낸 작품이 생활고로 미혼모가 버린

갓난아이처럼도 생각되었다. 어디선가 개인적인 성품은 좋으나 허울만 작가인 사람이 자신의 작품을 잘 알려주고 키워주었으면 하는 바람이었다. 그는 자신의 작품 주인공들이 줄을 지어 뛰거나 무리 지어 춤을 추는 꿈을 꾸고는 했다. 그럴 때면 그는 스스로를 위로했다. 작품은 탄생했고 수용소를 벗어났으며 나름의 즐거운 삶을 누리고 있지 않은가 말이다. 그는 담요를 뒤집어쓰고는 제트가 침상에 누워서 했던 것처럼 자신의 이름으로 출판된 작품을 놓고 독자와 이야기를 나누는 상상에 빠져들면서 잠이 들었다.

6개월이 다가왔다. 소수만이 견뎌낸다는 고참의 말이 맞았다. 20여 명의 사람은 불과 네 명으로 줄어들었다. 그제야 케이는 심사 위원단의 심사와 기준에 대해 따져볼 필요가 없었음을 깨달았다. 소설가들 자신이 심사 위원이었다.

밤이면 케이는 마당에 나와 멀리서 반짝이는 언덕 위의 저택을 지켜보았다. 저택은 환하고 따스해 안락과 풍요로 가득 찬 것 같았다. 저기는 도서관이 있을지도 몰라. 어쩌면 저택은 바깥세상으로 나가는 대기실일 거야. 그곳에 가면 무슨 일이 벌어질까? 그곳에 갈 수는 있을까? 몽상은 꼬리에 꼬리를 물고 이어졌다. 케이는 무한한 글의 바다를 어떻게 헤쳐나갈지 막막했다. 모든 소설은 시작부터 끝까지 앞의 작품과 같지 않았고 새로운 발상과 신선한 진행이 요구되었다. 케이는 장편을 쓰기로 결심하고 목차와 개요를 잡기 시작했다. 컴퓨터가 없으니 퇴고가 힘들어 미리 잘 생각하고 준비해서 써나가야만 했다.

감시병이 다음 차수의 소설가들 20명이 들어온다고 알렸다. 케이를 비롯한 생존자들은 다음 막사로 옮겨갈 준비를 하라고 명령했다. 그러나 준비할 것은 아무것도 없었고 몸만 옮겨가면 그뿐이었다. 살아남은 그들이 손에 쥔 것은 아무것도 없었다.

케이가 고참을 만난 건 두 번 더 막사를 옮긴 다음이었다. 새 막사는 처음 들어온 막사와 시설과 비품이 같았다. 생존에 도움이 될 만한 특별한 건 보이지 않아 실망스럽기까지 했다. 막사에는 수용소의 장중한 세월을 이기고 남은 9명이 살고 있었다. 그들의 얼굴에는 고난의 행군을 이기고 살아남은 사람의 묵직함과 전우애가 깔려 있었다. 새로 들어온 네 사람을 고참이 따뜻하게 맞아주었다. 고참이 말했다. 겪어봐서 알겠지만 우리는 경쟁자가 아니야. 만약 경쟁자였다면 우리 중 아무도 여기까지 오지 못했을 거야. 케이가 대답했다. 잘 알고 있습니다.

새 막사로 오면서 케이는 언덕 위의 저택으로 올라갈 수 있다는 사실을 알게 되었다. 저택도 수용소의 일부였다. 아니 어쩌면 언덕 위의 화려한 저택은 글쓰기를 독려하는 용도로 만든 싸구려 가짜 집일지도 몰랐다. 케이가 놀라 고참에게 물었다. 그럴 리가요. 고참이 말했다. 여기서는 보이지 않지만 저택 뒤쪽으로도 철조망이 쳐 있지. 저택에 올라가봤나요? 그랬지. 뭐가 있나요? 글쎄. 올라가봐야 할까요. 여기 막사로 오면 다 한 번은 올라가보지. 한 번이라고요? 그래. 올라가보면 긍정적이면서 부정적이기도 하고, 기쁘기도 하지만 실망스럽기도 하지.

케이는 막사 뒤로 난 길을 따라 언덕을 올랐다. 저녁 배식 시간까지는 돌아와야 했다. 언덕길에 서서 그는 수용소를 내려다보았다. 나무 한 그루 자라지 않는 살풍경에 오소소하게 엎드린 단층 막사들이 철조망으로 둘러싸여 흩어져 있었다. 언덕의 집은 2층 높이였고 가까이 갈수록 외관이 아름답고 훌륭했다. 전통적인 붉은 벽돌로 벽을 올렸고 비스듬한 천장은 검은 장식재로 둘렀다. 좁은 창문이 몇 개만 나 있어 안이 들여다보이지 않았다. 저택의 문 앞에 서자 케이는 감탄했다. 단단한 통나무를 켜서 만든 문은 붉게 칠해져 있었고 청동 장식이 대각선으로 길게 붙어 있었다. 사자의 얼굴 모양을 본뜬 청동 문손잡이는 손으로 잡아당기기가 미안할 만큼 뛰어난 조각품이었다.

케이는 숨을 크게 쉬고 손잡이를 잡아당겼다. 출입문 안으로 들어서자 그는 뭔가 크게 잘못되었다는 것을 느꼈다. 텅 비고 퀴퀴하고 추악한 냄새로 찬 실내가 그를 맞아주었다. 바닥 나무는 처음부터 저질의 자재를 썼는지 구멍이 나고 부서져서 몇 번이나 빠질 뻔했다. 통으로 트인 천장까지의 벽은 곰팡이가 깔렸고 얼룩이 많아 원래의 마감재가 페인트였는지 혹은 벽지였는지 알아보기도 힘들었다. 내부가 폐허이거나 잡동사니로 쌓여 있지 않은 것만 해도 다행이었다.

눈이 어둠에 익자 구석에 책상과 사람이 앉은 의자가 보였다. 그 옆으로 튼튼하게 지어진 책장이 자리 잡고 있었다. 의자에 앉은 사람이 돌아보았다. 비좁은 창문을 통해 들어온 역광으로 사람의 모습이 잘 보이지 않았다. 케이는 불길한 기운을 느끼며 책상 앞으로 다가갔다. 피부가 쭈글쭈글하고 지독히도 못생긴 노인이었다. 펑퍼짐한 얼굴에다 머리카락이 겨우 몇 가닥 남은 대머리였고 뭉툭 코에 두꺼운 입술이었다. 등이 굽은 노인이 교활한 눈으로 케이를 바라보았다. 노인은 수용자의 복장과 다른 줄무늬가 그어진 옷을 입고 있었다.

노인이 망설이지 않고 케이의 이름을 부르며 바로 물었다.

여기를 왜 왔나?

나를 압니까?

알지. 난 수용소의 소장이니까.

소장이라고요. 소장이 왜 여기 있습니까?

소장이 물끄러미 케이를 바라보았다.

뭐가 궁금한가?

지금 뭘 하고 있나요?

나? 책을 읽고 있지. 유일한 정수를 모은 딱 하나의 자필본 말이야. 노인이 책을 들어 케이 앞에 내보였다. 백과전서를 만들 때 쓰는 질 좋은 종이로 만든 책의 표지에는 수용소의 작가 이름이 씌어 있었다. 책의 표지는 두꺼워 괜찮았으나 스프링 제본으로 만들어 어딘지 허술하게 보였다.

혼자서 책을 읽는다는 말인가요?

아. 그렇지. 난 독자지. 유일한 책을 읽는 유일한 독자지. 소장이 벽의 선반을 가리켰다. 그곳에는 죽을 고비를 넘기며 살아남은 작가가 쓴 책들이 빼곡하게 꽂혀 있었다.

난 소설가였지. 오래전에는. 돈을 벌 만큼 벌었지. 지금은 아니네. 지금은 그냥 읽고 있어. 세상에 단 하나뿐인 작품을.

우리가 목숨을 걸고 쓴 책을 고작 당신 혼자서 읽고 있다고요? 바깥세상으로 팔리는 게 아니고요? 소설을 산 사람이 자신의 이름으로 출판해서 책이 돌아다니는 게 아니란 말인가요?

소장이 냉혹하게 말했다.

바깥세상은 흥미로운 오락으로 넘쳐나지. 거기다 여긴 수용소야. 뭘 더 바라나?

우리의 혼과 노력이 들어간 결정체라면 저 바깥세상에서 많은 사람이 읽도록 조치해야 하는 것 아닌가요? 단 한 명만이 읽다니. 그것도 수용소에 관련된 사람에 불과한 당신이.

다른 사람의 이름으로 책을 낸다고? 너도 추악한 사상에 전염되어 있군. 모든 예술은 추악하지. 소설도 추악해. 이름이 박힌 책을 통한 헛된 영생을 꿈꾸니까. 그래도 난 추악함을 아끼지.

소장이 가래를 뱉고는 읽던 책을 두드리며 말했다. 한 명이라고 우습게 여기지 말게. 만약 필요해서 인쇄기를 돌리면 한권의 책은 순식간에 수십 수만 권의 책으로 늘어나니까. 백만이 거뜬하게 봐내지.

언제 그렇게 한단 말입니까?

그거야 알 수 없지. 바깥에서 신선하면서 단련된 소설을 목말라 할 수도 있고. 이런 고난을 겪으며 탄생한 작품을 추앙하는 물결이 일어나 책의 운명이 갑자기 바뀔 수도 있고.

여기 있는 책이 몽땅 불타거나 없어져버릴 수도 있지요.

소장이 유쾌하게 웃었다.

그야 그렇지. 그런 걸 고민하면 작품이 제대로 쓰이겠나. 자. 이제 내려가서 작품을 쓰게. 한 명의 독자라도 없는 것보다는 낫지 않겠나. 열심히 쓰게. 한 명의 독자를 위해서 말이야.

케이는 순순히 몸을 돌리지 않았다. 그는 바닥에서 각목을 주워서는 단 한 명의 독자라고, 빌어먹을, 욕설을 하며 손에 쥐었다. 케이가 소장 앞으로 성큼성큼 다가가서 책상을 내리쳤다. 책상은 끄떡도 하지 않고 각목의 파편이 튀면서 한쪽이 쪼개져 나갔다. 케이가 각목을 고쳐 잡고 휘두르자 벽에 맞은 각목의 끝이 부러졌다. 케이가 파편을 밟고서는 각목을 높이 쳐들었다. 이 흡혈귀, 악마. 네가 소설계의 노아라도 되는 거야! 소장은 꿈쩍도 하지 않았다. 소장이 얼굴을 찌푸리면서 눈을 치떴다. 유일한 독자를 죽이겠다고! 소장이 킬킬 웃었다. 애써 글쓸 공간과 넉넉한 시간을 풀었더니 하는 짓들이라니. 너희는 입만 열면 그걸 원하지 않았나. 소장이 일어서더니 책장에서 책 한 권을 꺼내 들었다. 그따위 각목을 휘두를 힘이 있으면 네 작품이나 고쳐. 소장이 케이에게 책을 획 던지자 케이는 엉겁결에 책을 받아들었다. 책에는 소장이 붉은 글씨로 표시한 평과 의견이 곳곳에 붙어 있었다.

케이는 갑자기 기력이 쫙 빠져 돌아서서 언덕의 집을 나왔다. 그는 멍멍한 몸으로 한참을 서 있다가 뒤를 돌아다보았다. 한 명의 독자라니, 웃기는 소리였다. 글 쓴 케이를 포함하면 두 명의 독자였다. 혼자만 작품을 읽는다고? 소장의 말을 도저히 믿을 수 없었다. 소장이 틀림없이 거짓말을 하고 있다고 케이는 믿었다. 여기 책들이 밖으로 팔려나간다는 믿음이 강력하게 가슴을 때렸다. 그는 그런 믿음이 자신이 쓰는 소설에 대한 근거 없는 가치 부여인지도 모르겠다고 생각했다. 하지만 어디선가 자신의 책이 다른 사람의 이름으로라도 돌고 있으리라는 확신이 머리를 떠나지 않았다.

어쩌면 소장의 말은 소설가들이 수용소를 벗어나 바깥세상으로 나가는 마지막 시험인지도 모른다. 그들은 마지막까지 견디는 작가를 모아서 위대한 작업 시리즈를 엮을 계획인지도 모른다. 마치 에베레스트의 눈 덮인 크레바스에 빠져 살아 돌아온 등산가처럼 스토리텔링을 입혀서 말이다. 빌어먹을. 케이는 수용소로 내려가면서 내일도 글을 써야 할까 고민했다. 별 다른 수가 없었다. 그것 말고 해야 할 일도 없지 않은가. 케이는 머릿속에서 다음 소설의 인물과 줄거리를 짜보다가 발을 헛디뎌 넘어질 뻔했다.

크리스마스
케이크

한두수는 호텔 지하 주차장에 들어서자 방향을 잃었다. 그는 달맞이 언덕 방향으로 짐작되는 곳으로 빠르게 걸으면서 비상등을 켠 빨간색 미니쿠퍼를 찾았다. 크리스마스이브의 주차장은 이 시간에도 빈틈이 없었다. 뛰다시피 걸어온 그는 숨을 몰아쉬었다. 차가운 바닷바람을 맞다가 지하로 내려오자 이마에 살짝 땀이 배였다. 그는 가로 방향으로 늘어선 차량을 훑어보고는 걸음을 옮겼다. 이 호텔의 지하 주차장은 각이 지고 시야가 막힌 데가 많아 차량을 찾기가 까다로웠다. 차량을 호텔 입구로 빼내주면 고맙지만 그런 손님이야 드물었다. 호텔의 주차장 출구는 좁고 경사가 급해 맨정신으로도 운전이 쉽지 않았다.

그때 중앙 쪽 기둥 옆에 머리를 내민 **빨간색 미니쿠퍼**가 눈에 띄었다. 저기다. 한두수는 **빨간색 미니쿠퍼**를 향해 달렸다. 비상등을 켜지는 않았으나 차 옆에 선 남자가 시계를 들여다보고 있었다. 그는 숨을 다듬고 자세를 바로 하고는 말했다. 부르신 대리운전입니다. 젤로 머리를 세우고 코트를 벗어 팔에 걸친 남자가 콧등을 찡그리자 한두수는 재빨리 덧붙였다. 지하 주차장이 넓어서 늦었습니다. 남자가 어깨를 으쓱 올리고는 말했다. 미니의 시동 버튼은 알죠? 미니쿠퍼는 둥근 키를 키 박스에 넣고 시동 버튼을 누른다. 아, 물론이죠. 걱정하지 마십시오. 한두수는 고개를 숙여 공손하게 말했다. 사장님, 잘 모시겠습니다.

대리운전 요령을 고참에게 물으면 대개 한번 해보시죠라는 대답이 돌아왔다. 백 가지가 넘는 차량의 내부 장치도 한 번을 해봐야 알게 되었다. 재규어의 기어 변속은 다이얼을 좌우로 돌리는 방식이고, 아우디는 엔진 스타트와 파킹 브레이크 버튼이 기어 옆에 붙어 있었다. 어떤 차주는 대리기사가 차를 잘 조작하지 못하는 것을 자신의 차가 희귀한 증거로 보아 흐뭇한 미소를 지으며 한 수 가르치는 기쁨을 누렸다. 다른 손님은 의심이 가득한 표정으로 짜증을 냈고, 어떤 사람은 귀한 브랜드 차의 외관과 성능에 조금이라도 손상이 갈까봐 눈을 치켜뜨고 사소한 방향과 속도까지 간섭을 해댔다. 일을 시작하고 얼마 되지 않아서였다. 손님이 키를 건네고는 뒷좌석에서 코를 골며 바로 잠들었다. 한두수는 사이드 미러를 펴지 못해 낑낑대며 시간을 허비했다. 저기 손님, 이거 사이드 미러를 펴야 하는데요. 손님이 양주 냄새를 온몸에서 푹푹 내며 깨어나지를 않아 어쩔 수 없이 아는 대리 형님에게 전화를 걸었다. 형님, 접니다. 오늘 잘됩니까. 나, 오늘 똥콜만 두 개 탔다. 부산은 대도시도 아니다. 대리도 서울에서 뛰던지 해야지, 원. 형님, 죄송한데 폭스바겐 골프 사이드 미러를 어찌 폽니까? 아, 그거, 차 문에 붙은 다이얼 보이지. 그걸 돌려야 해. 어디 멀리 뛰나? 예, 김해까지 가고 더블입니다. 더블? 일진 좋네. 수고해라. 예, 형님 들어가십시오.

한두수가 주차된 빨간색 미니쿠퍼의 운전석 문을 잡자 남자의 스마트폰에서 찰칵 소리가 들렸다. 아니, 손님, 제 사진은. 아. 의심해서 그런 건 아니고, 우리 공주라서. 도착하면 바로 지울게요. 그래도, 손님, 이건 아니죠. 저희 신분이야 확실하고. 남자가 스마트폰을 넣고 팁 만 원을 얹은 요금을 건넸다. 하여튼 잘 부탁합니다. 남자가 주차장을 가로질러 빠르게 사라졌다. 한두수는 돈을 주머니에 쑤셔 넣으며 시동을 걸고 운전석을 조정했다. 차량의 내비게이션에는 도착지가 설정되어 있었다.

해운대의 도로는 자정이 가까웠는데도 북적댔다. 해안의

도로를 달리다가 수영강을 따라가는 코스였다. 손님, 죄송하지만 잠깐만 환기를 하겠습니다. 뒷좌석에 앉은 여자는 아무말이 없었다. 그는 차창을 내리고 다시 올렸다. 다리를 옆으로 가지런히 모은 여자는 탄력 있는 허벅지를 살짝 내보였다. 미니스커트에 베이지색 반팔 모직 스웨터를 입었고, 가죽 반코트가 옆 좌석에 얌전하게 접혀 있었다. 여자는 핸드백에 손을 올리고 단정하게 등받이에 몸을 기대고 있었다. 적당한 키에 날씬한 몸매였다. 한두수는 무난하게 콜을 마치리라 예상하고 도착지에서 다음 동선을 어떻게 잡을지 생각했다.

영화의 전당 디지털 지붕은 원색이 섞여들며 현란하게 물들고 있었다. 그는 파랑과 하늘색을 몰아내며 맹렬하게 퍼지는 빨강을 흘깃 쳐다보았다. 지붕의 끝에서도 오렌지색의 소용돌이가 중앙으로 밀려들었다. 일정한 모양 없이 다채롭게 번지는 지붕을 바라보면서 그는 어떤 불안감을 느꼈다. 붉은색은 끊임없이 다른 색을 몰아냈지만, 밀려난 다른 색은 어느새 돌아와 다시 제자리에 버티고 있었다. 그런 무위한 노력을 보면 그는 자신의 몸이 붕 떠올라 어디에도 내려앉지 못한다는 느낌이 들었다. 대리운전을 한 지 2년째지만 정해진 자리 없이, 고정된 손님 없이 늘 낯선 얼굴을 대하는 자신의 모습이 나타나서 그런지도 모른다.

시계가 밤 12시를 가리켰다. 그는 밤 12시가 어떤 한 세계에서 또 다른 세계로 넘어가는 신호로 느껴졌다. 어둠이 더 짙어지고 가로등의 불빛도 변했다. 택시 운전을 할 때 할증 요금을 받았기 때문일까. 밤 12시가 넘으면 시간은 무거워지고 값어치가 올라갔다.

갑자기 산타페 차량이 미니쿠퍼 앞으로 들어왔다. 한두수가 급하게 브레이크를 밟자 산타페는 엉덩이를 추켜올리며 으스대듯 원 차선으로 돌아가서는 재빨리 멀어졌다. 여성 운전자가 많은 미니쿠퍼를 재미로 위협하는 녀석 같았다. 눈을 뜬 여자가 몸을 꼿꼿하게 세워서 앞을 바라보고 있었다. 놀라셨죠. 갑자기 끼어드는 바람에. 여자가 몸을 다시 뒷좌석으로 떨어뜨리고는 말했다. 개자식이야. 한두수는 예상외로 거친 여자의 말에 놀라며 말했다. 매너 없는 놈들이 꼭 있습니다. 욕먹어도 싸죠.

뒷좌석의 여자는 다시 조용했다. 신호등을 하나 지나자 여자가 말했다. 대리 부른 남자 있죠. 그놈도 개자식이라니까. 한두수는 뜬금없는 여자의 말에 당황하며 아, 예. 가볍게 응답했다. 여자가 자신도 모르게 내뱉은 것 같기도 해서 뭐라고 대답하기 어려웠다. 한두수가 원하는 손님은 출발하면 잠에 곯아떨어져 목적지 가까이에서 일어나 팁을 얹어주는 사람이었다. 그러나 술에 취한 손님은 대개 말이 많아서 어떤 사람은 한국의 정치를 뒤엎어야 한다는 자신의 소신에 말끝마다 동조하기를 바랐고, 어떤 이는 이번 골프 모임에서 보기를 몇 번 쳤고 뒷땅을 두 번 때렸으며 캐디가 싹싹하지 않았고 박 사장이라는 성질이 더러운 놈이 있다며 시시콜콜 읊었다. 한두수는 그런 말에 적당하게 대답하면서 너무 지나쳐서도, 너무 소홀하게 응대해서도 안 된다는 균형의 어려움을 새삼 절감했다. 그는 그저 그런 손님을 목적지에 빨리 떨어뜨리고 싶어 자신도 모르게 가속 페달을 밟곤 했다.

이 차 그 남자가 사준 거예요.

한두수는 뭐라고 대답해야 할지 몰랐다. 여자는 이제 몸을 세워서 그를 뚫어지게 바라보고 있었다. 침묵하고 싶었지만 갇힌 공간의 침묵은 상대방을 깔보거나 무시한다는 인상을 주기 십상이었다.

좋았겠습니다. 디자인도 예뻐 여성분들이 좋아하는 차 아닙니까? 한두수는 괜히 의문형으로 말을 맺었다고 후회했다.

이 차 따위는 돌려주면 돼. 오늘이 지나면 그 남자와 헤어질 거야.

한두수는 여자가 술에 취해 하는 혼잣말을 엿들은 당혹감이 들어 라디오를 켜서 음악을 낮게 틀었다. 가로등이 차들이 바쁘게 달리는 고속도로를 하얗게 비추고 있었다. 여자가 낮은 음악만큼이나 낮은 목소리로 물었다. 대리비가 얼마죠. 손님, 남자분께서 계산을 했습니다. 여자가 중얼거렸다. 이제부터는 내가 값을 다 치를 거야. 한두수가 여자에게 다시 확인을 시켰다. 손님, 돈을 이미 받았다니까요. 목적지 아파트가 가까워지자 여자가 베이커리 앞에 세워달라고 말했다. 환하게 불을 밝힌 베이커리 앞에는 크리스마스트리도 없고, 캐럴도 흘러나오지 않았다. 얼굴이 익은 배우가 케이크를 든 광고가 창문과 벽에 붙어 있었다. 옛날에는 거리 곳곳에 사람을 왠지 흥겹게 만드는 캐럴이 넘쳐흘렀다. 크리스마스트리에 달린 반짝이는 전구는 따스함을 전해주어 자기도 모르게 사람을 들뜨게 했다. 그렇게 생각하는 건 과거를 아름답게 회상한 한두수의 착각일지도 모른다. 옛날에도 캐럴과 트리는 드물었을지도 몰랐다.

베이커리 앞에 내린 여자가 안으로 들어갔다. 반코트를 걸친 여자의 엉덩이가 리듬을 타며 흔들렸다. 그는 핸들을 잡고 여자의 엉덩이를 눈으로 좇았다. 형편만 좋으면 차 한 대쯤은 사 줘도 괜찮을 여자였다. 그런 생각이 떠오르기도 전에 한두수의 하체로 피가 먼저 몰려들었다.

여자가 케이크 상자를 조수석 바닥에 내려놓고 조수석에 앉았다.

바로 앞이에요. 여자는 지하 주차장으로 들어가지 않고 지상의 통로를 가리키더니 작은 공원 옆에 바싹 붙여서 대도록 했다. 지하로만 들어가지 않아도 한두수는 5분을 버는 셈이었다. 밖으로 나온 여자가 열쇠를 건네받아서는 코트 주머니에 집어넣었다. 그러고는 케이크 상자를 한두수에게 넘겼다.

이게…… 뭡니까?

내가 내는 대리비.

아니, 대리비는 벌써……

그럼 크리스마스 선물로 해두죠.

여자가 웃으며 가볍게 말하고 머리를 쓸어서 넘겼다. 황금색과 붉은색이 조금씩 들어간 여자의 머리는 풍성했다. 여자는 상자를 들고 엉거주춤하게 선 한두수를 보며 화려한 웃음을 짓더니 손을 뻗어 한두수의 허벅지를 쓸었다. 그녀는 팽팽한 하체를 스치고는 바로 뒤돌아서서 아파트의 현관으로 사라졌다.

한두수는 얼마 만에 겪는지도 모를 강렬한 자극에 멍하니 서 있다가 기계적으로 도로를 향해 걸어나갔다. 대리기사용 셔틀버스가 도는 곳이 멀지 않았다. 미친 여자 아냐? 그는 중얼거렸다. 피가 몰린 얼굴과 하체로 차가운 바람이 지나갔다. 그는 거칠어진 숨을 내쉬며 전화를 걸었다. 아, 형님, 오늘 괜찮습니까? 전 이상한 손님 받았습니다. 뭐, 손님이 크리스마스 케이크를 사줬다고! 운수 좋네! 뭐야, 괴상한 짓을 당했다고? 역시 잘생기고 봐야 해. 그런 손님 걸리면 밤새 달리겠다. 난 토해버린 손님 때문에 미칠 뻔했다. 좌석이 개판인데 그냥 내빼지도 못하겠고. 술 좀 작작 처먹지. 마누라가 내려와서는 나를 쏘아보는데, 내가 뭔 잘못이야. 네 이웃과 네 손님을 사랑하라. 야야, 내가 예수다.

한두수는 손에 든 케이크 상자를 내려다보았다. 콜을 잡으면서 케이크 상자를 들고 다니기란 여간 성가시지 않았다. 케이크를 감싼 종이 박스가 유난히 얇고 약해 보였다. 이걸 어쩐다. 오늘은 서너시까지 뛰어야 할 텐데. 크리스마스 케이크를 먹은 지가 오래되었다는 생각이 문득 들었다. 그해 경찰 시험에 합격했던 그녀와 함께 먹은 게 마지막이었다.

한두수는 공무원 시험에 네 번이나 떨어졌다. 시험장을 메운 인파는 엄청나서 그는 매번 기가 질렸다. 시험장의 정문을 통과하는 사람은 하나같이 입을 다문 비장한 표정이었다. 그는 자기가 시험을 칠 교실에서 합격자가 단 한 명 나온다는 계산에 경악했다. 숫자로 볼 때와 달리 직접 몸으로 맞닥뜨린 경쟁률의 현실이 그를 짓눌렀다. 그는 교실을 둘러보며 누가 그 한 명일까를 찾아보았다. 모두가 그 한 명 같았고 자신만이 그 대열에서 밀리는 것 같았다. 공부를 열심히 한다고 하기는 했다. 그러나 한두수는 틈틈이 시간을 쪼개 생활비를 벌어야 했다. 전력을 다해 모든 시간을 투자해야만 했으나 그럴 여건은 멀어지기만 했다. 학원에서 만났던 그녀는 세번째의 경찰 시험에서 합격했고 내근 경찰로 근무하던 그해 크리스마스 밤에 케이크를 들고 찾아왔다. 초콜릿을 듬뿍 올린 케이크를 나누며 그녀는 한두수의 합격을 기원했다. 시험에 합격하면 나한테 제일 먼저 연락해. 그건 합격하지 못하면 연락하지 말라는 말로도 들렸다. 한두수는 초보 경찰관의 얼굴에서 기대와 함께 불안과 초조를 읽었으나 그건 자신의 마음이었는지도 모른다. 그녀는 포크에 케이크를 듬뿍 올려 미소와 함께 한두수의 입에 넣어주었다. 입꼬리가 올라가고 눈이 반짝거리는 여자 앞에서 초코케이크가 입에 썼다. 경찰이 되면서 여자는 미소를 지을 때 입꼬리가 더 올라가고 눈이 더 반짝거리는 것 같았다.

크리스마스에는 순찰로 더 바쁘지? 응, 내일부터 연말까지 계속 근무해. 연말에는 사건이 많이 나? 사고보다는 애를 먹이는 사람이 많아. 지구대에서 술에 취해 밤새 우는 사람도 있고, 기러기 아빠인데 연말이면 가족이 너무 보고 싶다나. 그러면 뭉쳐 살지, 웬 청승인지. 그러게 말이야.

경찰관 그녀는 헤어지며 악수를 오래 했다. 꼭 합격해. 그러고는 돌아서 가면서 두 번이나 뒤돌아보았다. 한두수는 그 자리에서 두 번을 멋쩍게 손을 흔들었다. 도시를 대리기사로 누비며 한두수는 그녀를 교통경찰로 만나지 않을까 유심히 살펴보고는 했다. 만난다 한들 멀리서 스칠 뿐이지만, 그런 기다림도 이제는 사라진 지 오래였다.

셔틀버스가 서는 곳으로 가려던 길을 돌렸다. 한두수는 여자가 산 케이크를 베이커리로 들고 갔다. 자정이 넘은 시각에 여성 점원이 지친 얼굴로 서 있었다.

이거 조금 전에 산 건데 환불해줄래요.

케이크 상자를 받아든 직원이 눈을 찌푸리며 말했다.

고객님, 상자가 찌그러졌잖아요. 이러면 환불 곤란해요.

여자가 조수석에 내려놓으면서 상자가 상한 모양이었다. 상자만 그런 것 같은데. 아유, 아니에요. 안의 케이크도 모양이 상해요. 이게 얼마짜리였더라. 고객님, 32,500원이에요.

그럼 20,000원만 돌려줘요. 바빠서 내가 먹지를 못한다니까. 고객님, 그러고 싶어도 못할 사정이에요. 저기 팔지 못한 케이크 좀 보세요. 물량의 절반만 팔았어요. 저거 다 재고예요. 올해는 더 엉망이라니까요. 아니, 이거 직원이 20,000원에 도로 사 가면 될 거 아냐. 싸잖아. 케이크 같이 먹을 사람이 많을 것 같은데. 고객님, 제 시급이 얼마 된다고요. 아니, 이걸 들고 다닐 형편이 아니라서. 죄송해요, 고객님. 저 그냥 알바예요. 제 맘대로 못해요.

한두수는 케이크 상자를 도로 들고 나왔다. 대리운전 2년 동안 핸드폰 말고 다른 물건을 들고 다닌 적은 처음이었다. 매서운 바람에 케이크를 든 오른손이 시리고 뻣뻣해졌다. 케이크를 왼손으로 옮겨 잡았다. 그는 길에 케이크를 던지고 가버릴까 잠시 생각하다가 다시 손잡이를 움켜쥐었다. 이걸 원룸에 갈 때까지 어찌 보관해야 할지 거북하고 걱정스러웠다.

한두수가 사는 원룸은 버스에서 내려 언덕을 한참 올라야 나타났다. 골목길의 침침한 가로등이 긴 목을 세워 그를 반겨 주었다. 골목을 오르면 키가 큰 그조차 울리는 발소리에 신경이 쓰였다. 여자들은 둘씩 짝을 지어 언덕을 오르거나 혼자만의 긴장한 발걸음을 재빨리 옮기곤 했다. 3층 원룸 건물에는 모두 합해 서른 개의 방들이 복도를 따라 줄지었다. 세탁기나 냉장고, 침대를 갖추지 않은 구식 원룸이라 중고 가게에서 구입한 세탁기와 냉장고를 좁은 방에 들여놓았다. 생존에 필요한 최소한의 물품만을 챙겼지만, 중고품의 가격이 만만치 않았다.

소형이 요즈음 더 비쌉니다. 혼자 사는 사람이 좀 많아야죠. 가게 주인이 물건을 배달하면서 말했다.

비가 온 어느 날 한두수는 조심스럽게 발을 디디며 경사를 내려갔다. 언덕을 따라 들어선 연립주택 앞은 볕이 들지 않는 몇 곳이 미끄러웠다. 그는 바닥을 살펴보면서 발을 디뎠다. 경사 아래의 빙판을 디디면서 휘청하며 미끄러지다 급하게 내민 오른 손목에서 뚝 소리가 났다. 깁스를 한 달 하면서 그는 임시직을 그만뒀다. 한 달이었지만 최고의 밑천인 몸이 고장 난 대가로 통장이 순식간에 홀쭉해졌다. 이어서 덮친 열병은 그의 통장을 마이너스로 만들었다. 39도를 넘는 열이 도무지 내려가지 않았다. 동네 의원은 서둘러 그를 큰 병원으로 보냈다. 검사에 검사가 이어졌다. 담당 의사가 원인을 빨리 찾아내지 못했다. 회진을 도는 교수는 열흘이 넘자 난처한 기색이 역력했다. 그는 자신의 뒤를 병풍처럼 정렬한 레지던트와 인턴들 앞에서 조바심을 쳤다. 39도의 열이 교수에게 옮겼는지 교수의 얼굴이 벌겋게 달아올랐다. 그는 알아듣지 못하는 말과 단어를 늘어놓고 예비 의사들은 바쁘게 받아 적었다. 교수는 자신의 무능을 증명하는 한두수를 불쾌한 얼굴로 훑고는 사라졌다. 장티푸스가 원인임을 알고 나자 열은 금방 잡혔다. 퇴원하자 어떻게든 돈을 벌어야만 했다. 급한 대로 시작한 대리운전에 그는 벌써 2년을 매여 있었다.

한두수는 중얼거렸다. 혼자서 크리스마스 케이크를 먹을 수도 있는 거지, 뭐.

이어진 콜은 서면이었다. 뺨이 홀쭉하니 들어갔고 배가 많이 나온 50대의 인상이 깨끗하지 않은 남자였다. 그는 언제부터인가 운전석에 오르면서 차주의 나이와 성격을 나름대로 재보는 버릇이 들었다. 대리 손님의 첫인상이 불쾌하거나 까다로우면 마지막 주차까지 애를 먹이는 경우가 많았다. 손님이 조수석에 타려다가 케이크를 발로 차고 말았다. 케이크 상자 한쪽이 찌그러졌다. 이게 뭐야! 저기, 케이큽니다. 아니,

이딴 걸 왜 여기다 놔. 언제 둔 거야. 손님은 자리를 뒷좌석으로 옮기면서 한두수가 자동차의 부품을 하나 빼낸 것처럼 성질을 부렸다. 죄송합니다.

지대가 높은 곳으로 올라가자 멀리 교회의 붉은 십자가가 허공에 둥실 솟아 있었다. 십자가는 색색의 전등도 걸치지 않고 혼자서 붉게 떠 있었다. 홀로 선 십자가는 처연하고 어딘지 섬뜩했다. 교차로의 신호에 아슬아슬하게 걸려 브레이크를 세게 밟자 손님이 대뜸 뭐야, 운전이, 하며 언성을 올렸다. 남자가 핸드폰을 꺼내 큰 목소리로 자신의 사업에 관한 몇 차례의 통화를 했다. 이 밤에 누가 전화를 받을까 싶었지만, 통화는 계속 이어졌다. 사업이 잘 풀리지 않는지, 원래 습관이 그런지 전화의 말이 거칠고 상스러웠다. 운전하는 내내 어이, 어이하며 한두수를 부르던 손님이 지하 2층 자신의 아파트 출입문 바로 앞 주차를 고집했다. 지하 주차장의 형광등 불빛 아래서 차들이 빽빽하게 들어차 있었다. 크리스마스의 밤에는 차들도 쉬어야 할 제자리를 차지했다. 손님, 빈자리가 없는데요. 어이, 한 바퀴만 더 돌아봐. 한두수는 세 바퀴를 돈 후에 주차 금지 문구가 선명한 벽 옆에 차를 세워야만 했다. 남자가 정해진 요금을 지불하고 잔돈까지 받아서 챙겼다. 한두수는 혼잣말을 삼키며 1층으로 걸어나갔다.

다음 콜은 연산동 유흥가 앞에서 잡았다. 그런데 차량이 그

지역에서 많이 대는 주차장이 아니라 골목길 쪽에 있었다. 한
두수를 부른 여자는 술에 취한 목소리로 통화하면서 건물 사
이 옆길로 들어와야 한다며 위치를 말해주고는 더 말이 없었
다. 여자가 자신이 있는 골목 위치를 제대로 아는가도 싶었
다. 숨을 거칠게 쉬며 골목을 뒤지는 사이에 옆에서 덜렁대는
케이크가 이미 뭉개졌다는 생각이 들었다. 한두수가 케이크
를 향해 너나 나나 재수 없다며 골목에 침을 뱉고는 차를 찾
았다.

차에 기대서 담배를 피우던 여자의 첫말이 불량스러웠다.
차가 후져서 맘에 안 든다, 이거지. 손님, 아니 제가 언제 그
런 말을. 말은 무슨, 얼굴에 씌어 있잖아. 여자는 반말로 트집
을 잡으며 한두수가 골목을 찾기 어려웠다는 항의를 아예 꺼
내지도 못하게 막았다.

양산 신도시의 아파트. 잘 알죠?

여자가 조수석에 쌓인 화장품과 물건들을 뒷자리로 함부로
던지며 말했다. 매력적인 얼굴과 몸매를 진한 화장이 오히려
깎아버렸다. 목덜미와 손의 탄력을 보면서 한두수는 30대 중
반의 나이로 가늠했다.

애인과 먹을 거? 여자가 케이크 상자를 가리키며 웃었다.
애교가 넘치고 에로틱한 느낌이 묻어나는 동작이었다.

그는 중앙로에 차를 올리고 고속도로로 향했다. 시계가 1시

30분에서 31분으로 넘어갔다. 이번이 마지막이거나 잘해야 한 콜을 더 받을 수 있을 것 같았다. 양산에서 부산으로 넘어오겠다는 재수 좋은 콜이 있을까? 크리스마스에는 그런 콜이 하나는 터져야 하는 게 아닐까. 김해 농촌 구석으로 대리를 나갔던 선배 생각이 났다. 그는 막차 버스를 찾으며 길을 걸어가고 있었다. 막차는 아무래도 끊겼고 도로까지 나가려 해도 40분은 족히 걸릴 곳이었다. 걸어서 30분이 걸리는 중학교에서 콜이 떴다. 거기 대리운전 맞죠. 차주는 중학교 동창들과 체육대회를 마치고 구석에서 자고 있다가 일어나니 학교 담에 댄 차와 자기 혼자만 남아 있었다고 했다. 30분쯤 걸리는데 괜찮겠습니까. 한 시간이 걸려도 괜찮으니까 오기만 와요. 난 또 자고 있을 테니까. 그건 드물게 걸리는 재수였다.

고속도로가 가까워지자 한두수가 여자에게 말했다.

안전벨트를 매세요. 눈을 감은 여자가 아무 말이 없다. 저기 손님, 지금 안전벨트를 매셔야. 여자는 몸을 꿈틀할 뿐 조용했다. 한두수는 얼굴을 찌푸리고 차를 갓길에 붙여 세운 다음에 운전석을 뒤로 밀었다. 오른손으로 조수석을 잡으며 몸을 일으켜 팔을 쭉 뻗어 안전벨트를 잡아당겼다. 조금이라도 여자 몸에 닿지 않으려고 신경을 쓰니 오히려 몸이 뻣뻣해졌다. 안전벨트를 버클까지 쭉 당겼으나 끼워지지가 않았다. 그가 오른손으로 버클을 잡고 다시 안전벨트를 잡아당기자 눈을 감은 여자가 왼손을 한두수의 허벅지에 깊숙하게 밀어 넣었다. 아니, 손님! 한두수가 벨트를 놓치자 여자가 반짝 눈을 뜨며 탄력 좋은데라며 깔깔 웃었다.

손님, 운전 중에 이러시면 안 됩니다. 여자가 웃었다. 지금 운전하지 않잖아. 한두수는 선배의 말을 떠올렸다. 덤벼드는 여자가 제일 겁나. 좋을 것 같지? 끝나고 나면 여자 마음이 어떻게 바뀔지 모르거든. 좁은 운전석에서 누가 먼저 덤볐는지 어디서 밝혀주겠어. 요샌 여자까지 무서운 세상이야.

여자가 말했다. 자기, 쫄았어? 웃는 모습이 천진한 여자는 남자를 은근히 끌어당겼다. 한두수는 단골이 제법 있겠는데, 생각하며 왼손을 붙잡아 여자의 배 위에 얌전히 올려놓았다. 한두수가 창문을 조금 내리자 차가운 바람이 차 안으로 밀려 들어왔다. 인도를 처량하게 걸어가던 개 한 마리가 자동차 안에서 들린 사람의 목소리가 주의를 끌었는지 멈춰 서서 그들을 바라보았다. 윤기 없는 털에 쓸쓸한 표정의 개는 추운 밤이 어서 지나기를 기다리는 지친 모습이었다. 개는 자동차의 창문이 올라가자 무거운 몸을 이면 도로로 돌렸다.

여자가 부츠에 손을 집어넣어 5만 원 한 장을 꺼내 한두수에게 건넸다. 자기야, 받아. 여자는 아예 입에 붙은 말처럼 거리낌 없이 한두수를 자기로 불렀다. 요금에다 팁. 한두수는 괜찮은 금액을 손에 받아들었다.

여자가 말했다. 오늘 막탕이 변호사 두 놈이었어. 젊은 놈이었는데 요새는 변호사들도 힘들단다. 한 명은 변호사 밑에서 일하는 변호사라고 하던데, 사장 변호사가 일을 호되게 시키고 성질이 더럽다며 어찌나 징징대는지. 완전 재수 없어.

여자가 부츠에서 접힌 5만 원 지폐를 계속 꺼냈다. 왼쪽이 김 변호사고, 오른쪽 부츠가 강 변호사가 넣은 돈이야. 오늘 즉석 뛰었거든.

즉석이라는 게? 왜 이래, 이거, 순진한 척하기는. 이번엔 셌어. 한탕이 아니고 한 번에 두 놈이 두 탕. 앞뒤로 따는 거야. 변호사 새끼들, 힘들어 죽겠다더니 힘만 좋아. 여자가 눈웃음을 치며 지폐를 꺼내 무릎에 올려놓았다. 구김이 많은 접힌 5만 원권이 열 장은 되어 보였다. 여자가 돈을 쓸어 모아 핸드백에 한 번에 집어넣고는 담배를 꺼내 물었다. 한두수는 차를 아울렛 매장 앞으로 빼서 조심스럽게 인도로 올리고는 비상등을 꺼버렸다. 깜박대던 노란 등이 숨을 죽였다.

여자가 말했다. 표정이 왜 그래? 어쭈, 걸레다 이거야? 한두수가 손님, 무슨 말씀을요, 하고 대답하면서 히터를 올리자 달궈진 엔진을 통해 따뜻한 바람이 나왔다. 여자가 창문을 내리고 연기를 길게 뿜었다. 아울렛 매장의 광고 문구가 푸르게 바뀌면서 여자의 얼굴에 그늘을 드리우고는 사라졌다.

여자가 말했다. 내가 스물에 아이를 낳았거든. 중국집 주방장 보조 하는 새끼였는데. 알아? 그놈하고 자기하고 많이 닮았어. 그 새끼가 날라리하고 붙어먹고는 날랐어. 한두수는 이 여자가 날라리라고 부르는 여자는 어디까지 나간 스타일일까 궁금했다. 여자는 담배를 피우면서 필터를 잘근 씹고 있었다. 담배를 이로 씹어 문 모습이 그녀의 상처를 보여주는 방식 같았다. 그 개자식은 뭘 할까? 뭘 할 것 같아? 대리운전을 하겠죠. 여자가 몸을 흔들며 마구 웃어대는 바람에 손에서 담뱃재가 뚝 떨어졌다. 맞아, 대리운전을 하겠지. 첨에 골목으로 자기가 왔을 때 너무 닮아서 깜짝 놀랐어. 이 새끼 폭삭 망해서 대리 뛰네. 기분이 묘하면서 속으로는 찡하게 씁쓸했지. 그랬어요? 난 몰랐는데. 아이, 여자 얼굴과 몸짓을 유심히 보라니까. 짧게 짧게 보내는 신호를 캐치해야지. 아유, 이 남자 이래서 연애하겠어? 여자가 한두수의 머리칼을 쓰다듬고는 창밖의 가로등을 응시했다. 한두수는 경찰관이 된 그녀를 떠올렸다. 마지막으로 만난 크리스마스에 그녀는 어떤 신호를 보냈던가? 그녀의 얼굴과 몸짓이 한 뭉텅이로 졸아들어 희미하게 나타났다가 사라졌다. 이제는 스마트폰에 저장된 사진을 꺼내봐야만 모습이 되살아났다.

내가 크리스마스이브에 아이를 가졌어. 진짜 애인이 한 놈 더 있었는데, 하여튼 보조 새끼 애야. 한두수가 말했다. 애인이 두 명인데 어떻게 아빠를 찍어내요. 여자가 갑자기 심각해졌다. 내가 그날도 애인 두 놈과 낮과 밤으로 번갈아 뛰었지만 딱 감이 와. 아니, 그런 게 어딨어요? 같은 날이면 어느 남자 앤 줄을 어떻게 알아. 아니, 이 남자, 여자 감을 싹 무시하네? 여자가 할 때 딱 오는 삘이 다르다니까. 여자가 담배를 창밖으로 휙 던지며 손짓으로 출발을 알렸다.

여자는 조수석을 뒤로 빼고 시트를 뒤로 젖혀 자리에 몸을 묻었다.

딸을 낳았을 때 여자는 아이를 어디로 입양 보내거나 심지어 죽이려고 마음먹었다. 뒷산 어디에 파묻을까 자리를 상상하며 삽을 찾기도 했다. 젖이 올라왔을 때도 귀찮고 짜증이 났다. 아이가 잇몸으로 젖꼭지를 깨물었을 때는 비명과 함께 아이를 세게 후려치기도 했다. 아이는 여자의 모성애보다는 여자의 상실감에 목숨을 구했는지도 모른다. 여자는 아이가 젖을 빨 때마다 자신의 정수가, 힘이 딸에게로 넘어간다는 생각을 했고, 어찌어찌하다 한 달이 지나자 그동안 아이에게로 넘어간 자신의 젊음이 아깝다고 생각했다. 이 애가 내게서 뺏어간 게 얼만데, 이제 버리기는 좀 아깝네. 이렇게 하루하루가 지나, 여자의 표현으로 본전이 아까워서 지금까지 키운 것이었다. 여자는 크리스마스에는 아이를 데리고 놀러 다녔다. 아이보다 여자를 위해서이기도 했다. 여자 자신이 어릴 때부터 그날이면 마음대로 놀았던 습관을 지금까지 버리지 못한 것이기도 했다. 중학교 2학년인 아이는 양산에 떨어져서 산다. 술에 절고, 밤늦도록 다니는 생활을 아이에게 보여주기 싫어서기보다는 아이가 양산에 사는 여건이 훨씬 좋기 때문이다. 여자는 낙천적이었고, 과거나 추억은 그다지 돌아보지 않았다. 여자는 도시에 넘쳐나는 쾌락과 섹스에 가슴까지 잠겨 살았다. 여자는 외로움에 익숙했고 혼자 있음을 두려워하지도 않았다. 오늘같이 묘한 기분이 드는 날이 가끔 있기는 했다. 그런 날에 여자는 약해졌으나, 곧 자신이 약해졌다는 사실을 잊고 자신도 모르게 돌발적인 행동을 하곤 했다.

차는 텅 빈 고속도로를 달리고 있었다. 새벽 2시가 가까워지는 시간의 고속도로는 가로등이 내놓은 빛으로 뿌옇게 차 있었다. 한두수는 도로를 메운 희뿌연 빛이 좋았다. 고속도로의 양쪽 바깥이 검게 물들어 때로는 양쪽에 절벽을 두고 마구 달린다는 느낌에 화들짝 놀라기도 했다. 뒷좌석의 술 취한 차주가 잠이 들기라도 하면, 잠시지만 자신이 차의 소유자이면서 어떤 자유를 얻은 것 같기도 했다. 오늘 곱게 잠들지 않은 이 여자는 환영받지는 못할 손님이지만 내려주고 나면 왠지 아쉬움이 남을 부류였다. 미리 돈을 괜찮게 받아서일까?

여자가 말했다. 저기 잠깐만 대요. 그녀가 가리킨 길로 양산 휴게소가 보였다. 집에 빨리 가는 게 좋지 않겠어요? 여자가 예의 반말 투로 돌아갔다. 다음 콜 기다려? 그깟 콜비 내가 내줄게. 한두수가 양산 휴게소로 들어가자 여자가 설 곳을 가리켰다. 저어기. 차는 몇 대의 승용차와 트럭이 있을 뿐인, 휴게소의 모두가 바라볼 수 있는 중앙에 섰다. 겨울의 차가운 바람이 차를 둘러쌌다. 중앙에 덩그렇게 댄 차가 시선을 오히려 덜 받는 것 같기도 했다.

여자가 오리털 파카를 벗어 뒷자리로 던지면서 말했다. 오늘이 크리스마스니까 선물 하나 주려고. 난데없이 뭔 선물이야, 생각하는 사이에 여자가 한두수의 얼굴을 팔로 감싸 안으면서 자신의 가슴으로 당겼다. 얼떨결에 끌려 들어간 한두수는 얼굴을 여자의 가슴에 묻은 꼴이었다. 반팔 티셔츠 하나에 노브라인 여자의 부푼 가슴이 한두수의 얼굴을 누르자 한두수는 고개를 젖혀 빠져나오려고 애썼다. 여자가 깔깔 웃으면서 공짜야, 공짜라니까, 하며 티셔츠를 아예 걷어올렸다. 안전벨트에 매인 한두수가 여자를 밀치고 자신의 자리로 돌아가자 여자가 상체를 던지다시피 한두수의 얼굴로 밀고 들어왔다. 그러면서 여자는 한두수의 오른손을 자신의 핫팬츠 허벅지 사이에 넣어 꽉 끼고는 자신의 손으로 손목을 눌렀다. 여자는 한두수를 덮친 상체에 힘을 주면서 말했다. 나 몸 괜찮다니까? 자, 걱정 끄고. 크리스마스 선물, 크리스마스 뭔지 몰라? 여자의 오뚝 선 분홍빛 유두가 눈에 들어왔다. 여자의 몸과 힘은 예상보다 훨씬 강했으나 한두수는 뿌리칠 수 있었을 것이다. 그러나 한두수는 여자가 들이댄 젖가슴에 얼굴을 묻고서는 잠자코 기다렸다. 여자는 한두수의 오른손을 누르고 있던 손을 떼어 그의 허벅지 중앙을 쓰다듬었다. 한두수의 몸이 반응하기 시작하자 여자는 이제 남자를 장악했다고 믿으면서 자신의 스타일대로 남자를 끌고 나갔다.

한두수는 팽창한 하체가 단단해짐을 느끼면서 여자의 젖가슴을 입안에 담았다. 욕정과도 뭔가 색깔이 다른, 깊은 스펀지 위에서 뒹구는 안락함이었다. 여자의 바람대로 젖꼭지에 입술을 움직이면서 나른하게 빠져드는 포근함을 뚫고 딱딱해진 하체로 욕정이 올라왔다. 갈래갈래로 올라온 힘이 뻐근하게 조여들었다. 벅차게 터지기를 기다리는 힘이 그를 아찔하게 밀었다. 한두수가 허리를 흔들면서 솟아오른 충동을 따라가자 여자가 움직임을 뚝 멈췄다. 여자가 미소를 지으며 한두수의 뺨을 어루만지고는 차 밖으로 나갔다. 창문을 내려. 여자의 말에 한두수는 얼떨결에 창문을 끝까지 내려 찬바람을 맞았다. 아직도 그는 안전벨트에 묶인 채였다.

여자는 손을 창에 올리고 얼굴을 붙이고는 여기까지만, 하고 말하고는 머리를 매만지며 엉덩이를 한 바퀴 부드럽게 돌렸다. 한두수가 안전벨트에 묶인 것을 잊고서는 몸을 여자의 얼굴로 향하다 조여든 벨트에 걸렸다. 여자가 말했다. 욕심이 많아. 한두수가 화를 냈다. 욕심은 무슨. 시작을 누가 하고선.

여자가 걱정한다는 어투로 목소리를 낮춰 말했다. 한 번에 다 먹지는 못해. 체한다니까. 한두수는 자신도 모르게 욕이 튀어 나왔다. 씨벌, 그게 무슨.

여자는 차 밖에서 담배를 꺼내 물었다. 핫팬츠와 부츠, 그리고 반팔 티를 걸친 여자는 타향을 오래 유랑한 이방인처럼 보였다. 휴게소 꼭대기의 조명대에서 아래로 넓게 빛을 던지고 있었다. 여느 날과 다름없는 새벽의 고요와 찬바람이 휴게소를 감싸면서 한두수의 몸도 빠르게 식어갔다. 차 한 대가 들어오다가 헤드라이트에 여자의 모습이 비치자 머뭇대면서 주차장의 구석으로 옮겨 갔다. 주차장은 새로 들어온 차로 잠깐 밝아졌다가 그 차가 라이트를 끄자 그만큼 어두워졌다.

한두수는 뒷좌석에서 여자의 파카를 들어 차 밖으로 나가 여자의 어깨에 걸쳐주었다. 여자는 균형 잡힌 몸을 흔들면서 고개를 갸웃하며 웃어 보였다. 그러고는 휴게소의 어둠침침한 구석으로 계속 시선을 던지고 있었다. 잃어버린 뭔가를 찾는 시선이었다.

여자가 돌아서며 예의 천진한 얼굴로 말했다. 자기, 화났어? 뭐, 아니, 화까지는 아니고. 여자가 미안하다는 감정이 담긴 눈웃음을 치고는 한두수의 팔짱을 찰싹 끼며 말했다. 우리 케이크 먹자. 뭘 먹는다고? 자기가 들고 온 거, 크리스마스 케이크. 여자는 어느새 한두수를 뒷좌석으로 끌고는 케이크 상자를 뜯었다. 야, 나, 크리스마스에 케이크 정말 오랜만이다. 한두수가 물었다. 딸아이가 있다면서? 아니, 크리스마스에 남자하고 말이야. 자기도 여자하고 이날에 먹어본 적 없어 보이는데. 한두수가 부정하며 말했다. 야, 무시하네. 난 많았다니까.

여자가 정말? 하는 얼굴로 웃고는 케이크 중앙에 꽂힌 순록 모양의 초콜릿을 뽑아서 옆으로 밀어놓았다. 재수 없어. 마차나 끌다가 끝에는 잡아먹히는 거야. 한두수가 순록 초콜릿을 붙잡아 단숨에 입에 집어넣었다. 이게 먹는 포인트야. 경찰관 그녀가 모양을 낸 초콜릿을 건네면서 그렇게 말했던 것 같았다. 아니야. 포인트는 이거야. 여자가 케이크를 두 손가락으로 듬뿍 떠서 한두수의 입에 밀어 넣었다. 한두수가 고개를 피하자 여자가 그의 머리를 한 손으로 감싸면서 말했다. 착하지, 자, 아 해. 한두수는 여자의 손에 떠밀리며 여자의 손가락 두 마디까지를 길게 빨았다. 여자가 몸서리치며 웃었다.

내가 열아홉 때 보도 뛰었는데, 그때 짱이었어. 예약이 밀려서 말이야. 나와 논다고 내 팀들까지 한 묶음으로 콜을 불렀다니까. 여자가 말을 이었다. 그해 크리스마스에 케이크 두 개를 사서 하나는 집에서 먹으라고 줬거든. 누구에게? 누구긴. 애 아빠, 그 개새끼 말이야. 그 새끼가 내 케이크를 그 날라리 쌍년에게 줬다는 거 아냐. 한두수가 말했다. 한번 케이크를 췄으면 끝났지, 뭘 따져. 아니, 내 순정이 담긴 케이크였다니까. 순정은 얼어 죽을, 풋사랑에 또 풋사랑이구먼. 여자가 짜증을 냈다. 야, 너, 여자 마음을 정말 모른다. 걱정이다. 한두수가 말했다. 오늘 재수 좋네. 크리스마스에 걱정하는 사람까지 다 생기고. 열아홉 때는 짱이고 지금도 잘나가지만 나이 더 들면 뭘 해? 야, 이 자식이 뭔 말이야. 안 그래도 크리스마스에 마음 뒤숭숭한데. 당분간은 쓸 만하다니까. 당분간이 지나면? 여자가 고민한 적 없다는 얼굴로 어깨를 으쓱하면서 말했다. 그래 말이야, 대리나 뛸까? 나, 대리로 인기 많을 것 같지?

여자는 자신의 말에 깔깔 웃고는 그깟 장래야 잊어먹었다는 얼굴로 손가락으로 깊이 케이크를 떠냈다. 헛소리는 치우고, 이걸 드셔.

한두수가 입을 벌려 여자의 손가락을 깊숙하게 넣었다. 진지하게 지켜보는 여자의 눈을 바라보면서 그가 손가락을 천천히 빨았다. 몸 안 어디쯤에서 끊겨 있던 혈맥이 이어지면서 입으로 들어간 케이크의 크림이 풍성하게 돌아다니기 시작했다. 여자의 얼굴은 차를 덮은 어둠 속에서 음탕하다가 자비로워지고 애처롭다가 의기양양하게 변했다. 한두수가 여자의 행동을 따라서 손가락으로 케이크를 떠서 여자의 입에 갖다 댔다. 여자는 주린 아기를 닮은 격렬함으로 한두수의 손가

락을 살살이 빨았다. 한두수는 자신의 손가락이, 그리고 손목
과 어깨와 몸통까지 미지의 어둠으로 빨려 들어간다고 느꼈
다. 불꽃이 터져서 머릿속이 화안하게 붉었다. 그는 눈을 떴
다. 멀리 주차장의 구석에서, 아마도 젊은 연인이리라. 핸드
폰의 화면인지, 불꽃을 손에 들었는지 붉은빛이 번졌다. 어쩌
면 연인끼리 켠 촛불인지도, 아니 한두수의 머리에서 혼자서
타오르는 환상인지도 모를 일이었다. 한두수는 불꽃을 담은
어딘가로 떠내려가고 있다는 느낌에 눈을 다시 감았다. 그 순
간 자신의 몸이 차분하게 내려앉는 것을 느꼈다.

믿기지 않는 현실이 이야기를 믿을 때

양경언 (문학평론가)

1

안락사를 선택한 노인들이 죽음을 기념하며 파티를 연다는 소식을 기사로 접했던 적이 있다.* 기사에선 네덜란드 암스테르담의 안락사협회 소속 회원인 앤젤레스 할아버지가 '장례 파티'를 열어 자신의 안락사뿐 아니라 지인의 안락사를 독려한다는 내용이 있었다. 할아버지는 친구와 가족을 초대해 식사와 술을 즐기다가 마지막 작별 인사를 남기고 암으로 고생했던 자기 자신의 말년 삶을 스스로 끝맺는다. 어쩌면 이 기사는 "죽는 순간까지 파티를 즐겼다"고 자평한 노인의 최후

---

* 이동준, 「안락사 선택한 노인들 "죽는 날 파티하고 떠납니다"」, 『세계일보』, 2016년 6월 13일.

를 인간의 자유의지가 도달할 수 있는 완숙의 지점이라 전하고 싶었는지도 모른다. 하지만, 자유의지의 발현이 곧 삶의 성공과 실패를 가늠하는 전부라 장담하지 못하는 독자의 경우라면 고개를 갸웃할 소식이기도 하겠다. 그런 독자는 앤젤레스 할아버지가 스스로 삶에 종지부를 찍었을 때 한 사람의 죽음에 해방이 깃들었다고 축하하기 보다는, 할아버지가 사라지자 눈물을 흘렸다던 파티의 참석자들에 관심을 둘 것 같다. 인간이 자신의 수명 연장과 단절을 스스로 채택할 수 있는 시대가 되었다 하더라도, 여전히 한 사람의 삶이 삶다운지 그 의미를 결정짓는 것은 그이가 생전에 맺었던 관계에 의한 것이기 때문이다. 한 장의 기사로 요약할 수 없는 삶의 페이지가 파티의 참석자들이 흘렸던 눈물 속에 씌어 있는 셈이다.

정광모의 소설을 읽은 직후의 독자라면 언급한 기사가 마냥 먼 나라의 얘기로 느껴지진 않을 것이다. 이는 정광모의 두번째 소설집인 이 책에서 첫번째로 배치된 소설(「마지막 집행」)이 하필이면 안락사가 법적으로 허용된 상황을 가정하여 펼치는 얘기이므로 꺼낸 말이 아니다. 혹은, 소설 속의 상황이 허구에 그치는 게 아니라 현실로 펼쳐지겠구나 싶어서 꺼낸 말도 더더욱 아닌데(네덜란드와는 다르게 한국은 아직 안락사가 법제화되지 않은 국가이다. 따라서 한국 독자들에게 안락사를 다룬 얘기, 보다 구체적으로 말해서 안락사가 안전하게 이루어지도록 돕는 '안락 서비스 회사'에서 일하는 인물의 얘기는 철저히 가상의 사회를 다룬 허구로 읽힐 것이다), 왜냐하면 소설에서 엿볼 수 있는 삶의 진실이란 독자가 사는 현실의 세목을 얼마만큼 정확하게 구사하는가에 따라 판단되지 않기 때문이다. 도리어 그 반대다. 우리는 소설이 가정한 허구의 상황을 거울삼아 실제의 삶을 다시 돌아보는 기회를 얻는다. 이것은 현실에서는 아직 도달하지 못한 차원의 것을 소설에서 소재나 배경, 상황으로 쓴다 할지라도 통용되는 소설의 몫에 해당하는 얘기이다.

앞선 기사가 지닌 새로운 풍속에 대한 호기심을 지우고 정광모 소설이 전하는 의미를 떠올렸을 때 우리는 먼 나라의 얘기가 어쩌면 우리와 멀지 않은 곳에 있을 수 있다는 공감을 표하게 된다. 이를테면 기사를 보고 갸웃했던 사람들의 시선이 가닿은 지점, 그러니까 안락사 당사자보다는 그 주변의 사연이 들리기 시작하는 자리, 안락사를 통해 스스로 죽음을 택했다 해서 삶으로부터의 해방이 쉽게 얻어질 순 없다는 깨달음과 삶의 의미를 추출하는 작업은 훨씬 더 복잡할 수도 있다는 예감을, 어떤 경우엔 말해진 것보다 말해지지 않은 사연들이 삶의 진실을 담보할 수도 있다는 짐작을, 정광모의 소설을 읽은 뒤에 기사를 접한 우리는 새삼 하게 되는 것이다.

정광모의 소설이 안락사가 하나의 정책으로 자리한 상황을 배경으로 삼거나(「마지막 집행」) 로봇과 정해진 기한 동안 연애를 하면서 살아가는 근미래의 일을 조명한다 해도(「타미카 레드」), 그것이 단지 가공된 이야기로 느껴지지 않는 이유가 여기에 있다. 그의 소설 속 인물들은 '인간을 위한다'는 명분으로 발전한 기술의 사회에서도, 여전히 인간이 저버릴 수 없는 복잡한 감정과 관계의 구도와 갈등의 상황으로 번민하고 괴로워한다. 가상 현실이 자주 등장한다 할지언정 그의 소설에서 우리는 진지한 현실의 문제를 환기하게 되는 것이다. 가령, 정광모의 소설을 읽으면서 우리는 안락사를 택한 이들에게 삶의 의미를 기입해주는 것은 그 자신이 아니라 그들이 생전에 어떤 사람과 관계하는지에 달린 것은 아닌지, 관계에서 파생하는 감정이 진실하다면 로봇과의 연애 역시 '진정한' 연애라 할 수 있는지, 우리가 기존에 생각하는 '진정한 관계'란 도대체 무엇인지 등등의 현실적인 질문들과 대결한다. 허구를 보존함으로써 분명한 진짜와 가짜의 구도를 넘어서서 이윽고 현실을 대면하는 자리, 그곳에서 정광모의 소설은 씌어진다.

2

진짜와 가짜의 경계에서 독자에게 현실의 맥락을 맞닥뜨리게끔 상황을 주조하는 방식은 작가가 오래전부터 능숙하게 가꿔왔던 작법이다. 주목할 만한 점은 그 방식이 향하는 결말이 대체로 서늘한 편이라는 점인데, 정광모의 이야기가 굳이 점점 '더 나쁜 쪽으로(희망보다는 절망의 기운이 엄습하는 쪽으로)'가는 이유는 다른 게 아니라 작가가 현재 대면하고 있는 한국 사회의 형편이 다른 나라의 누군가처럼 파티를 열고 죽음을 맞이하듯 여유롭지만은 않기 때문이라고 짐작된다. 정광모의 소설 속 정황은 대개 '가상'이라는 외투를 입고 나타난다 할지라도 실상은 그 외투 안쪽으로 숨겨진 빈한하고 누추한 삶의 몸을 가리킨다.

두번째 소설집에서 정광모가 들려주는 이야기들 역시 예외는 아니다. 오히려 이번 소설집에 수록된 작품들은 이전보다 조금 더 지독한 결말의 이야기들로 채워져 있다. 작가가 이전부터 순응하고 싶지 않아 했던 사회상은 작가의 몸부림을 아랑곳도 하지 않은 채 그 부조리를 더욱 앓고 있다. 표제작인 「존슨 기억 판매 회사」에서도 요즘처럼 자본의 논리가 고착화된 상황에서 개인의 기억이 어떻게 상품화될 수 있고, 개인을 '개인답게'할 만한 과거의 기록이 어떻게 위협받을 수 있는지가 드러난다.

이야기는 증권 회사의 유능한 리서치 본부장 '염'이 개인의 기억을 영상으로 전환하여 비싼 가격에 파는 '존슨 기억 판매 회사'의 부실성을 판단하기 위해 그곳에 들르는 것으로 시작한다. '염 본부장'의 한마디에 회사 주식의 안전이 달려 있기에 그를 접대하는 회사의 간부 '고 이사'는 열과 성을 다하며 자신들이 판매하는 제품의 정당성을 주장한다. 그러나 '고 이사'가 "제값을 주고서야 누가 짝퉁을 구매하겠"느냐며(121쪽) 자신들이 얻은 연예인의 기억이 진짜임을 호소하는 이면에는, "황색 산업이야말로 성장이 보장된 전도유망한 사업"(124쪽)이라는 철저한 자본의 논리에 복종하고 있는 기업의 의도가 있다. '염 본부장'이 존슨회사의 이익 토대가 "관음증과 허영"(126쪽)임을 지적하며 회사가 현재 사회에 좋지 않은 영향을 끼치는 산업 구조를 형성하는 중이라고 지적한다 하더라도, '고 이사'는 그에 대해서는 이미 알고 있다는 듯이 군다. '고 이사'는 뻔뻔하게도, 자신들의 사업이 현실보다 가상 세계에서 더 행복해하는 인간의 욕망을 구체적으로 실현해주고 있으므로 거기에 수반되는 "스타의 스캔들과 대중의 선망"(134쪽)은 당연히 감당해야 한다고 설명한다.

소설의 모티브는 지금의 과학 기술로는 불가능하다고 할 법한(그래서 가까운 미래나 상상 속에서나 얘기될 법한) '기억의 물질화 및 상품화'이지만, 그를 화제 삼아 '염 본부장'과 '고 이사'가 대화를 나눌 때 이들 사이에서 오간 논쟁은 지금의 현실에도 충분히 적용 가능한 것들이라 할 만하다. 이를 목록화해보자. 일차적으로는, 연예계와 자본의 결합 구조가 파생하는 젠더 문제는 없는지, 자꾸만 상품화되는 개인의 '인간성'은 어떻게 담보될 수 있는지 등등과 같이 포르노그래피화되어가는 문화산업에 대한 비판을 들 수 있을 것이다. '염 본부장'이 '존슨 기억 판매 회사'가 연예인의 실제 기억을 전유하여 선정적인 영상으로 조작 및 판매를 하고 있지 않느냐고 신랄하게 비판하는 소설의 후반부에 이르러서는, 인간에게 조작되지 않은 순수한 기억 행위란 가능한지, 어차피 기억 행위가 일종의 「라쇼몽」처럼 구성에 기반을 두는 것이라면 기억 행위에는 그것이 진짜인지 아닌지를 가려내는 일보다는 어떤 기억을 채택할 것이며 어떤 형태의 기억을 기억이라 명명할지가 더 중요한 것은 아닌지 등등의 문제를 상기시키기도 한다. 소설은 개인의 기억이 영상으로 전환되는 상황이 왔을 때 그것이 자본에 의해 선정적으로 전유되면서 오히려 내밀하게 지킬 수 있는 개인성이 사라질 수도 있음을 염려하면서, 지금의 사회가 그렇게 될 가능성을 충분히 품고 있는 사회임을 우회적으로 알린다.

무엇보다도 우리는 이 소설에서 '염 본부장'의 방문 이후 자신의 미래에 위협을 느낀 '고 이사'가 찾아간 '사장'의 말들로 장식된 서늘한 결론을 짚을 필요가 있다. 사장은 '고 이사'를 향해 대중은 "진실에서 도피해 입맛에 맞는 통조림된 기억을 먹고 싶"어 한다(158쪽)는 진단과 회사에서 만드는 기억은 "현실이면서 가상이고 가상이면서 현실"이므로(159쪽) 책임의 구조가 선명하지 않다는 견해를 폭포수와 같은 말로 전한다. 멈춤 없이 약 세 페이지로 이어지는 사장의 말은 어쩐지 그로테스크한 느낌까지 준다. 왜냐하면, 내내 회사를 의심하는 '염 본부장'의 힘이 더 우월한 것으로 그려지던 소설의 구도를 뒤엎고 '염 본부장'이 어떤 생각을 하든지 간에 자본주의에 기생하는 '회사'의 입장은 강고하게 유지될 것임을— 사회가 바뀌기는 쉽지 않을 것임을—사장의 말들로 전달되고 있기 때문이다. 그러고 보면 '염 본부장' 역시 자본을 분석하여 '좋은 회사'를 가려내는 일을 전담하고 있으므로, 그조차도 사장이 말한 사회에서 자유롭지 못하다.

물론 이 소설의 결론을 두고 허구를 짓는 작업에 동참하는 모든 예술가들이 자본의 이해 관계와 결탁할 때 어디까지 추락하는지를 보여주는 것이라 해도 무방하다. 그렇지만 부정할 수 없는 사실은, 이 소설의 결론이 해결되지 못하는 사회 문제와 변화 가능성이 차단된 세계에 대한 절망에 독자를 노출시키는 일을 감행하고 있다는 점이다. 예상 가능한 결론을 깨고, 진행되던 소설의 구도를 뒤엎음으로써 현실의 맥락을 상기시키는 방식을 작가는 망설이지 않고 진행한다.

그와 같은 방식은 「타미카 레드」에서도 행해진다. 소설의 주인공 '한기철'은 인간과 거의 똑같은 모습을 한 로봇과 연애를 하면서 주기적으로 그 로봇을 바꾸는 일에 골몰한 자다. 그는 소설이 진행되는 내내 "자신을 인간으로 굳게 믿고 있"고, "자신의 실체를 의심하지 않도록 프로그램 되어 있는"(84쪽) 로봇 '유라'를 어떻게 설득시켜 그녀의 움직임을 중지시킬지를 고민한다. 따라서 자신이 로봇이라는 증거를 대보라는 '유라'의 입장이 완강할수록 '한기철'은 자신이 창조주와 다를 바 없는 '대천사'급임을 유라에게 어필한다.

여기까지만 말하면, 소설의 전개상 한기철은 안전하게 유라의 작동을 정지시킬 수 있어야 할 일이다. 하지만 결론은 그와 정반대를 향한다. 자신이 인간이자 창조주라고 굳게 믿고 있던 '한기철'이 로봇이고, '유라'는 한기철의 작동을 중지시키려는 '타미카 개발 연구소'의 계약직 직원이라는 결론이 독자를 기다리고 있기 때문이다. 한기철을 향해 유라는 당신은 사랑을 믿느냐고, "사랑은 원래 이런 거"라는 말을 남기며 한기철의 작동을 중지시킨다(101쪽).

모든 상황을 통제할 수 있다고 여겼던 '한기철'은 자신의 앎이 무지에 불과함을 깨달았을 때, 그래서 자신의 통제를 벗어나는 방식으로 상황이 진행됨을 알았을 때, 그제야 자신이 바라보던 세상이 전부가 아님을 깨닫는다. 한기철이 알던 세상은 더 이상 전진되지 못하고, 그때부터 다른 방식의 해석이

동원되어야만 이해 가능한 세상이 펼쳐지는 것이다. 주객을 전도시킨 소설의 결론은, 사랑을 믿지 않고 인간의 감정을 등한시하는 사회가 도달할 수 있는 비극적인 상황을 전시하면서 독자들에게 지금 돌봐야 할 것은 무엇인지를 묻는다. 독자는 믿을 수 없는 그러나, 받아들여야 하는 결론 앞에서 영락없이 각자의 현실을 상기시킬 수밖에 없다. 이때 감상에 빠지지 않고 평정을 유지하는 정광모 특유의 문체는 빈한하고 누추한 삶일지언정 우리가 추구해야 할 태도는 무엇이며 좇아야 할 진실은 무엇인가하고 독자가 스스로 판단할 수 있도록 이끄는 데 한몫한다.

3

믿기지 않는 현실이 허구의 외투를 둘러, 끝내는 현실의 절망을 환기시키는 일. 이는 정광모의 독자라면 어쩔 수 없이 감당하게 되는 과제일 것이다. 하지만 그를 통해 독자의 무엇이 일으켜 세워지는가에 대해서는, 더 말해져야 할 게 있다.

이 글의 1장에서 언급했던 「마지막 집행」을 다시 떠올려보자. 이 소설에도 다른 작품들과 같이 '안락 서비스 회사'가 활약하는 가상의 상황을 앞세워 한국 사회가 지금 안고 있는 문제가 무엇인지를 상기하게끔 하는 면모가 있다. 게다가 소설의 전개상으로는 쉽게 예상하지 못했던—독자에게 복잡한 심정을 안기는—쓸쓸한 결말이 기다리는 작품이기도 하다. 하지만, 무엇보다도 이 작품의 백미는 소설의 주인공 '강탁오'가 결과적으로 시도한 행동이 두드러지는 장면에 있다.

'강탁오'는 회사의 지침에 따라 안락사를 원하는 이들과 감정적인 섞임 없이 능숙하게 일을 해왔던 사람이었다. '강탁오'가 다른 이의 죽음에 무감하거나, 많은 이들이 안락사법 제정에 찬성하지 않는 상황에서도 무연할 수 있는 배경에는 부모 없이 지냈던 그의 어린 시절이 있다. 그런 그가 소설의 후반부에 이르러 만난 안락사 대상은 자꾸 그의 어린 시절을 연상케 하고, 떠나간 어머니를 떠올리게 만든다. 그렇다고 해서 그 대상이 곧 어머니라고 단정 지을 수는 없지만 자꾸만 겹쳐지는 어머니의 이미지, 그의 어릴 적 환경으로 인해 강탁오는 제도를 집행하기 위해 기계처럼 움직이던 자신의 몸짓을 다른 방향으로 펼치기 시작한다.

그는 노인을 들어 올려 편히 눕혔다. 노인은 마른 나뭇가지처럼 가벼워 번쩍 들렸다. 편안하게 누운 노인은 자신을 안고 있는 강탁오를 빤히 바라보았다. 이제 다리와 가슴도 떨리기 시작했고, 눈꺼풀도 흔들렸다.

강탁오도 한기가 들었다. 핏줄에 얼음을 집어넣은 것처럼 찬
기운이 몸을 재빨리 돌아 머리로 올라왔다. 그는 눈을 깜박이면
서 이마에 손을 올렸다. 손까지 차서 몸이 더 빨리 식는 것 같았
다. 귀에서 윙윙 소리가 들리다가 먹먹해서 그는 자신도 모르게
입을 벌렸다.

강탁오는 정신을 모아 조용히 김화연 할머니에게 말했다.

제가 아는 아이가 있습니다. 다섯 살에 엄마가 집을 떠났지요.
(······) 강탁오는 김화연의 팔에서 혈관을 찾았다. 그가 주삿바늘
을 들어 올리자, 김화연은 손을 들어 그의 팔을 쓰다듬었다. 김화
연의 얼굴에서 미소가 커지며 눈물이 한 방울 똑 굴러 떨어졌다.

(35∼38쪽)

김화연을 만나자 어디에도 털어놓지 않았던 자신의 이야기
를 하기 시작하는 강탁오의 모습은, 김화연과의 만남 이후 강
탁오가 변화할 수밖에 없음을 짐작하게 한다. 회사 사람들이
뜯어말림에도 강탁오는 김화연의 죽음 곁에 개인적인 감정
과 함께 머문다. 이때 우리는 변화 가능성을 기대할 수 없는
세계 쪽으로 향한다했던 정광모의 소설이 완전히 닫힌 결론
을 지향하는 것은 아님을 깨닫는다. 소설 속 인물들에게는 사
건을 겪고 난 이후, 이전과는 다른 삶을 어떻게 받아들일지에
대한 선택의 폭이 남아 있는 것이다.

소설 속에서 언급된 경험을 관통하고 난 뒤, 인물들은 도무지 이전과는 같은 삶을 살 수 없다. 강탁오도 다르지 않다. 이전에는 실수 없는 노동이 그의 삶의 주안점이었다면, 김화연과의 만남 이후에 그는 안락사를 선택하게끔 사회적으로 내몰리는 이들의 맥락에 대해 먼저 떠올리기 시작할 것이다. 세계를 인식하는 방법이 달라지는 것이다.

정광모의 소설이 대체로 전지적 시점으로 이야기를 꾸릴 때 노릴 수 있는 효과 역시도 여기에서 드러난다. 작가는 독자들에게 '전지성'이라는 것이 애초부터 불가능함을 넌지시 이르기 위해 전략적으로 전지적 시점을 택한 것으로 보인다. 믿기지 않는 현실의 절망이 전지적 시점의 허구로 쓰일 때, 작가의 눈과 언어로 세상과 사물과 인물이 장악되는 것은 맞다. 그러나 그럼에도, 인물이 겪은 사건 속에서 그 인물이 어떤 선택을 하는지의 여부가 남겨짐으로써 독자는 '전체적 앎'의 차원으로 여겼던 부분이 실은 '부분적 앎'의 차원으로 전환되는 경험을 하게 된다. 결과적으로 독자는 주어진 조건 속에서 강탁오가 어떤 선택을 하는지 지켜봄으로써 창조주의 자리를 차지할 수 없는 인간에게 주어진 몫에 대하여 새삼 떠올릴 수 있다. 현실의 상황이 절망적일지라도 우리가 할 수 있는 일은 아직 많이 남아 있음을 독자는 은연중에 전해 듣는다.

그간 아내를 외롭게 했던 남편이 '박상철'이라는 제3의 인물의 등장으로 이미 장례를 치르는 중인 아내를 다시 바라보는 결론을 맞이하는 「기억의 뿌리」나, 소설가들을 수용소에 집어넣고 억압적인 환경에서 글을 쓰게 하는 수용소 소장이 소설의 유일한 독자임을 확인한 소설가 케이의 이야기 「수용소」도 마찬가지다. 독자는 이들이 삶의 진실을 어느 정도 알아채버린 뒤에 어떤 선택을 하며 살아갈지에 대해서는 끝내 알 수 없다. 선택은 오롯이 그들에게 맡겨진다. 독자들의 경우는 또 왜 아니겠나. 소설을 통해 현실의 맥락을 맞닥뜨린 이후, 독자인 우리가 어디로 가야 할지에 대해서는 우리 스스로 결정해야 한다. 우리 삶에는 전지적 시점의 작가가 없다.

우리가 정광모를 읽어야 하는 이유는 다른 게 아니다. '있을 수 있는' '일어날 법한' 상황에서 인물이 어떤 선택을 하고 있는지 독자로 하여금 끝까지 추궁하게 만들기 때문이다. 그것은 믿기지 않는 현실이 이야기를 믿을 때 독자에게 주어질 수 있는 최선의 쾌락이자, 살면서 좀처럼 얻을 수 없는—소설을 만나고 나서야 겨우 얻을 수 있는—현재 우리 삶을 다시 돌아볼 수 있는 사유의 기회이기도 하다.

나에게는 꿈이 있다. 국민 열독률 50퍼센트를 넘어서는 한국 소설이 나와 텔레비전과 신문에서 크게 다뤄지기를. 드라마 「별에서 온 그대」를 넘어서는 국민적인 화제가 되기를. 그 소설에 나오는 주인공 이름을 딴 가게와 거리가 들어서기를. 한국에는 K팝과 네이버 웹툰을 뛰어넘는 문화도 많다는 인식이 세계에 퍼지기를.

나에게는 꿈이 있다. 문학에서 무역 역조가 사라지기를. 수입한 외국 문학은 잘 팔리고, 수출되는 한국 문학은 거의 없는 실태가 바뀌기를. 아마존에 한국 문학 코너가 만들어져 판매지수가 하늘 높은 줄 모르고 올라가기를. 그래서 한국인의 영웅이 된 수출 역군, 수출 전사의 명칭을 한국 작가도 받기를.

나에게는 꿈이 있다. 작가의 혜안이 높이 평가받는 날이 오기를. 알파고와 이세돌의 바둑 시합이 열리면 신경과학자나 컴퓨터공학자가 아닌 작가에게 먼저 이 대결의 의미를 취재 오기를.

한국 문학의 걸출한 거인이 나와야만 그 꿈이 가능할까? 알 수 없다. 어쩌면 수많은 작가가 하나씩 블록을 쌓아 거인을 탄생시키면 가능하지도 않을까? 첫번째 작품집 『작화증 사내』에 이은 이 소설집이 그런 블록 하나의 역할을 하기를 기대해본다.

2016년 여름
정광모

수록 작품 발표 지면

존슨 기억 판매 회사

ⓒ 정광모

1판 1쇄 발행 | 2016년 8월 10일

지은이 | 정광모
펴낸이 | 정홍수
편집 | 김현숙 이진선
펴낸곳 | (주)도서출판 강
출판등록 | 2000년 8월 9일(제2000-185호)

주소 | 서울시 마포구 동교로17안길 21(우 04002)
전화 | 02-325-9566
팩시밀리 | 02-325-8486
전자우편 | gangpub@hanmail.net

값 14,000
ISBN 978-89-8218-213-6   03810
이 도서의 국립중앙도서관 출판시도서목록(CIP)은 서지정보유통지원시스템 홈페이지(http://seoji.nl.go.kr)와
국가자료공동목록시스템(http://www.nl.go.kr/kolisnet)에서 이용하실 수 있습니다.(CIP제어번호: CIP2016018714)

*잘못 만들어진 책은 구입처에서 교환해 드립니다
*본 도서는 2016년 한국문화예술위원회, 부산광역시, 부산문화재단 지역문화예술특성화지원사업으로 지원을
받았습니다.